半七捕物帐

贤者的部屋

はんしち
とりものちょう

[日] 冈本绮堂 著

陈雅婷 译

北京联合出版公司

图书在版编目（CIP）数据

贤者的部屋 / （日）冈本绮堂著；陈雅婷译 .
北京：北京联合出版公司，2024. 9. --（半七捕物帐）.
ISBN 978-7-5596-7726-6

Ⅰ . I313.45

中国国家版本馆 CIP 数据核字第 2024X28H43 号

半七捕物帐：贤者的部屋

作　　者：[日]冈本绮堂

译　　者：陈雅婷

出品人：赵红仕

责任编辑：徐　鹏

封面设计：吴黛君

北京联合出版公司出版

（北京市西城区德外大街83号楼9层 100088）

北京新华先锋出版科技有限公司发行

大厂回族自治县德诚印务有限公司印刷　新华书店经销

字数1284千字　787毫米×1092毫米　1/64　47.25印张

2024年9月第1版　2024年9月第1次印刷

ISBN 978-7-5596-7726-6

定价：298.00元（全十册）

纸老虎

一

四月初，我去了赤坂。

"天气变暖了许多，差不多到赏花的时候了。"半七老人透过半开的纸格窗，仰望着晴朗的天空说，"说到江户时代赏花时的去处，上野、向岛、飞鸟山[1]，这三处是没变的，但御殿山[2]已经没了。往昔这御殿山非常热闹。这里与上野不同，没有关门时间。三味线也好，其他乐器也好，都可以弹，也可以随意吵闹，故而前一年去

---

[1] 飞鸟山：位于今东京都北区南部，王子站西侧的台地，自江户时代起便是观赏樱花的胜地，明治六年（1873）成为飞鸟山公园。

[2] 御殿山：位于今东京都品川区北品川高轮台地最南端的高台，城南五山之一。德川家康进入江户城后，这里设有品川御殿，为历代将军鹰猎时休息，以及招待幕府重臣时举办茶会的场所，以赏樱胜地出名。

了千鸟山的人，今年就会换个方向走，来到御殿山。江户附近的人都蜂拥而出，前来赏花。关于这个还有许多故事，但今天要讲的并不是赏花，咱们还是赶紧进入正题吧。不过，也不是全然与赏花无关。文久二年（1862）三月，御殿山的樱花开得正好，品川的伊势屋……不是那个有名的妖怪伊势屋[1]。往昔有个以妖怪为招牌的店子，就是妖怪伊势屋，说是店里会出现妖怪，名声传开以后生意兴隆。以前总有这种奇奇怪怪的噱头，但这个故事里的伊势屋不是那个店子。这家伊势屋里排行第二的名妓阿驹有天突然死了。这就是故事的开端。"

阿驹今年二十二岁，正是最赚钱的年纪。她虽五官平平，但因身材苗条，身段妙绝，在伊势

---

[1] 妖怪伊势屋：江户时期曾有传闻品川宿场的伊势屋有个猫妖化成的盛饭女郎，故而便将品川的伊势屋称为"妖怪伊势屋"。盛饭女郎是指明面上在宿场里以女侍的名义为客人盛饭，实则为往来男性提供性服务的私娼。

屋里也算数一数二的人物。她之所以能有如此名头，并非只靠婀娜的身段，也非因在品川的河童天王祭典[1]上派发了印有自己名字的手巾，而是因了某个更大的缘由，使她虽身为宿场妓女，却以"品川阿驹"之名闻名全江户。

她能获得如此名声，其实是得益于一桩颇有戏剧性的事件。万延元年（1860）十月，池上本门寺举行会式那天，八丁堀同心室积藤四郎带着两名手下，一大早就去本门寺周围巡查。临近五刻（早上八时），藤四郎路过高轮海边，只见一个二十七八岁的俊俏男子坐在路边茶摊里，正脱下麻布里子的草履，换上草鞋。藤四郎不经意间瞧见，立刻扬扬下巴示意手下。

藤四郎看见的那名男子是石原[2]的松藏，正因

---

[1] 河童天王祭典：品川荏原神社天王祭，亦是荏原神社的例大祭。祭典中会将荏原神社的神舆抬入海中游行，故而得名"河童天王祭"，荏原神社也被称为"河童天王"。

[2] 石原：本所石原町，今东京都墨田区横网二丁目，石原一丁目、二丁目一带。

凿墙入室偷盗而遭通缉。许是察觉到官府追查日渐严厉，他正打算远走高飞。半道撞见这么个大功劳，藤四郎的手下们欣喜万分，立刻冲过去对着正低头穿鞋的松藏大喊"你被捕了"。松藏一把抛出正欲穿上的那只草鞋干扰视线，接着起身踢翻方才坐着的长凳。与此同时，试图擒住松藏右手的手下忽然"啊"的一声惨叫倒地。原来是松藏抽出藏在怀中的短刀向对方脸侧砍去，因动作极其迅猛，对方有些措手不及。另一个手下毫不犹豫地冲上去，企图抱住松藏持刀的那只手，但立刻被松藏甩开不说，左边眉毛还被斜着划了一刀。

两名手下一人倒地，一人则眉头流血渗入眼睛，无法再缉凶，藤四郎只好自己动手。他抽出怀中捕棍，拂去包在外头的绸巾，嘴里大喊着"束手就擒"，将手中捕棍向对方挥去。松藏矮身一躲，钻过劈头打来的捕棍，冲出了茶摊。他一脚穿着草履，一脚穿着草鞋，飞快往品川宿场逃窜。藤四郎在后追赶。他已是五十余岁的老人家，却如年轻人一般飞奔追进了品川宿场。松藏似乎觉得自己逃脱无望，突然回身砍向紧咬不放的追兵。

　　两侧商铺的人虽都群起吵闹，但因一方迎面高举短刀，刀刃在朝阳下闪闪发光，所以没人敢贸然靠近。短刀与捕棍在空中相接，交锋两三次后，藤四郎的竹皮屐踩进一家店头泼的水中，脚下一滑，他来不及稳住身形，整个人猝然跪倒在地。松藏瞅准时机，正打算踏进一步时，突然身形一晃，惊愕地呆立不动了——原来有一只沉重的草履突然从头顶二楼飞来，结结实实拍在了他的眼睛上。松藏一停步，就被藤四郎的捕棍狠狠打了腿。之后的事便不必再多说，松藏的命运已然有了定论。

　　草履的主人就是伊势屋的阿驹。她送走夜宿的客人，正在收拾自己房间时，忽听外头在缉凶，便和其他人一起来到二楼面向大街的栏杆处看热闹，谁知正下方正好就是捕棍与短刀对峙的现场。众人屏气俯瞰着楼下的动静，此时缉凶的同心踩水，险些滑倒。阿驹忍不住脱下草履，用力掷向贼人的脸，成功扰乱了那人的视线。如此，通缉犯石原的松藏的双手便被绑上了捕绳。在那个时代，若协助捕吏成功缉凶会受官府表扬，根据功劳大小，甚至能获得奖赏。加之阿驹并非男子，只是一个从事风俗行业的女子，却能当机立断痛击罪犯，为官府立功，一时传为佳话。于是，她受町奉行所传唤，在妓院主人的陪同下到町奉行所领了两贯赏钱。

妓女受官府褒奖的例子可谓极其罕见。加之事件也颇为戏剧化，这更使得阿驹的事迹广泛流传开去。许多年轻人为了平日里的谈资，都想见一见阿驹。有的来找阿驹伺候，有的则只想见一见阿驹，但找别的女人伺候。如此这般，伊势屋的生意一下就兴隆起来。三年后，阿驹二十岁那年冬季，她已被称作伊势屋的福神，常年不是馆中头牌就是位居第二。然而，这个阿驹某日忽然踏上了黄泉路，几乎闹得伊势屋人仰马翻。平素光看热闹不花钱的当地哥儿们也都目瞪口呆。

阿驹是在睡铺上被人勒死的。当时约九刻半（半夜一时），已过了闭店时辰。当晚阿驹有三个客人，睡在主屋的是芝地源助町绸缎庄下总屋的掌柜吉助。他是商家仆役，按例必须在半夜回家。阿驹知晓情况，平时都会在闭店前叫他，让他回家，但今晚阿驹有些醉了，吉助也醉了，睡得很熟。他半夜醒来，觉得口渴，便拿了床头的水喝，接着抽了一管烟，忽觉整个二楼鸦雀无声，夜似乎已经深了。吉助惊觉自己睡过头，慌忙起身，发现平时总会叫自己起来的阿驹正睡得不省人事。

"喂，阿驹，快帮我叫轿子。"

说着，他用烟管叩了叩烟盘里的烟灰缸，忽然发现枕边隐约有个小物件的影子。他借着座灯昏暗的灯光仔细一看，发现是只黄色的纸老虎，四条小腿规规矩矩站着，仿佛在凝视阿驹熟睡的脸。吉助纳罕，入夜时好像没见这种玩具，于是伸手拿过纸老虎仔细端详。突然，老虎如同忽然苏醒一般诡异地摇头晃脑起来。阿驹还是没有醒来。原来不知何时，她已全身冰冷，陷入永眠了。意识到阿驹已经死亡的吉助抛开纸老虎跳了起来，颤声喊人。

众人随即赶来，仔细一检查，发现阿驹已被人勒死了。当时因醉酒而呼呼大睡的吉助辩称自己完全不知身旁的阿驹是何时死亡的，然而他与阿驹同屋而眠，断然脱不了干系。众人怀疑的目光都落在了他身上。场合也好、事件也罢，这些对于佣工身份的他来说麻烦重重，他似乎也明白自己进退不得的窘境，直至验尸完毕都乖乖滞留在现场。

伊势屋报案后，当地代官伊奈半左卫门派了差役过来。天亮之后，町奉行所的与力也赶到现场。虽然品川由代官管辖，但兹事体大，町奉行所也派人到场，并在他们的见证下按惯例进行了尸检，结果发现阿驹确实是被人勒死的。

她脖子上虽未缠着东西，但众人判断，阿驹应该是被手巾、细绳一类物什绞杀的。睡在主屋的吉助自不必说，两名宿在代迎客室[1]的客人也被带至高轮的警备所。

---

[1] 代迎客室：江户时代的妓院里，一名妓女同时接待两名及以上客人时，跟在妓女身边学习的小妓女会代为迎客，将客人带到代迎客室中伺候。

二

"半七，你辛苦一趟。伊势屋的阿驹与我也算有缘，真是个可怜人。我想早日帮她报仇，有劳你尽心了。"

八丁堀同心室积藤四郎将半七唤到宅邸，当面请托道。由于三年前发生的那桩事，藤四郎对于阿驹横死一事似乎比旁人更为痛心。半七了然，爽快答应道：

"遵命。我自当尽力。"

半七立刻离开，去了品川的伊势屋。他将年轻伙计与七唤至店门口，问道：

"飞来横祸啊，听说你们这儿的活招牌阿驹香消玉殒了？"

"当真让人吓了一跳。"与七也万分沮丧，"东家也很丧气，说是人死不能复生，只求能早日为她报仇雪恨。"

"大家都这么想。毕竟是受过官府褒奖的女子，就是掘地三尺也要把凶手找出来。话说回来，别嫌我问得外行，你们当真没有一点线索？"

"当真没有，所以才头疼。虽然大伙都怀疑下总屋的掌柜，可他是个正经生意人，应该不太可能干这事。除非他发了狂，否则没理由杀阿驹呀。"

"这种事旁人怎么可能知晓呢。那掌柜究竟是个什么样的人？"

据与七说，下总屋的掌柜吉助已近四十岁，虽然很爱喝酒，但本性非常老实，花钱也爽快，也是阿驹相当看重的熟客。昨晚是他进三月后第一次过来，也没见他与阿驹吵架，与往常一样安安静静地睡了。他说自己丝毫不知睡在身旁的女子死了，听起来确实可疑，但他既已醉倒在床，实在情有可原。与七低声对半七说，恐怕是有人趁二人熟睡之际偷偷潜入房间，将阿驹绞死了。半七凭内行人的直觉，认为与七的猜测并非全然毫无根由。

"你们店里与阿驹最要好的是谁？"

"阿驹跟谁都处得好，最要好的该是她带的下等妓女阿定。阿定正好是去年这个时候来的，与阿驹情如姐妹。也正因如此，阿定今早连饭都吃不下，整个人恍恍惚惚的。"

"那你帮我把那个阿定叫来。"

哭肿了眼的阿定战战兢兢地出来。她今年二十五六岁，脸色晒黑，细长脸，看着有些强势，头发有些稀少，算是瑕疵，但不管放到哪里都算是还有些姿色的大姑娘。半七先说了几句哀悼阿驹的话，阿定泪流满面地致意。

"听说你和阿驹感情很好，关于这次的事，你可有什么头绪？"

"头儿，当真什么头绪也没有。我简直以为自己在做梦……"阿定又抽噎起来。

"这可真是伤脑筋。听说阿驹枕边放了个好似纸老虎的东西，是真的吗？"

阿定还是默默哭着。与七在一旁替她答道：

"有的。是个类似小玩具的东西，如今正由东家收着。您想瞧瞧？"

"嗯，让我瞧瞧吧。"

半七在门口地板沿上坐下。与七跑进店内，不一会儿又出来招呼半七入内。来到里屋后，店主夫妇神色哀伤地迎接半七，并拿出当时那只纸老虎给半七看。这老虎像是龟户[1]土产浮人偶[2]，背上还留着穿线的小孔。半七将小老虎放在手心，盯着它那晃晃悠悠的脑袋瞧了一阵，然后将它放在膝盖前，掏出烟管默默抽了起来。

"这老虎不是阿驹的吧？"

"阿驹房里似乎没有这样的东西。"店主回答，"不仅阿驹，整个二楼都没人有这样的东西。也不知是谁带来的。"

"嗯。"半七歪头思索道，"不过，这是重要物证，以后说不定能成为线索，还请两位先将它

---

[1] 龟户：今东京都江东区龟户。

[2] 浮人偶：儿童放置在水面上玩耍的一种玩具。

收好。"

"我等定会小心保管。"

接着，半七让与七带路，去二楼巡视了一圈。他从面向街道的房间一直转到后面，当然也查看了阿驹的屋子。屋子是相连的三叠和六叠两间。六叠间尽头照例是栅格窗，去年年底才修缮过，完好无损，没有外人潜入的迹象。即便如此，半七还是谨慎地从窗户往外张望。伊势屋靠海，里侧二楼底下直接是石墙。品川春季的大海正好退潮，石墙下杂乱地堆叠着潮水留下的碎陶瓷和断木枝，眼下正在晴朗的日头下闪闪发光。

眼神极好的半七在栅格窗前俯瞰了一阵，接着好像发现了什么，突然回头问与七道：

"阿驹有几双草履？"

"应该有两双。"

"都还在吗？"

"应该都还在。"

"是吗。此番有劳你带我到处转了，现在可否带我去一趟后门？"

两人从里侧楼梯下来，绕到后门。半七站在石墙上，再度俯视脚下，接着走下石阶。与七在上头瞧他要做什么。只见半七踩过堆叠的垃圾，从一块大圆石后头捡出一只夹层草履[1]。他拎着被浸湿的草履给与七看。

"喂，你仔细看看，这是不是阿驹的东西？"

"这……"与七边看边回忆。

"头儿。"

头顶传来呼唤声。半七抬头一看，原来是阿定在二楼栅格窗内往外看。

"你认不认得这草履？"半七在下面问道。

"请您稍等，我马上过去。"

阿定从栅格窗前消失，过了一会儿来到后门，一见那只草履就又哭了起来。

"这是阿驹的。她曾给我看过一次，是她平时小心珍藏的草履。"

---

[1] 夹层草履：在苦竹皮表层与革底之间夹了淡竹皮等层级的多层级草履，一般后跟会高一些。

"哦，就是那只吧。"与七也点点头，"原来如此，一定是那时候的那只草履了。"

两人轮番向半七说明，原来这就是室积藤四郎追捕石原的松藏时，阿驹从二楼掷下的草履。以此受到奉行所褒奖，获得了绝世体面的阿驹，将这只草鞋视为人生宝物，小心地珍藏起来。据阿定说，阿驹用淡蓝色绉绸小方巾包裹草履，将它珍藏在自己房间衣柜的抽屉中。去年岁暮大扫除时，她曾毕恭毕敬地将之取出，给阿定看。这草履已穿得很旧，妓女的夹层草履也都是一个样，但阿定说自己对草履带的磨损状态很眼熟。

"为防万一，还是让我去阿驹房里检查一下吧。"

半七带着二人再度爬上里侧二楼。阿驹房里只有一个衣柜和四个抽屉。半七在第二个抽屉中发现了淡蓝色绉绸小方巾，里头的草履果然不见了。任谁都能轻易想到，应该是有人偷出草履后，将之隔着栅格窗抛进了海里。但半七只发现其中一只，另一只却不知去向。

"让你跑来跑去的真对不住，但眼下还得请你帮个忙。"

半七带着与七来到楼下，与他一起在石墙下仔细寻找，终究没能找到另一只草履。与七说，恐怕是退潮时，潮水将其带走了。半七觉得有理。一只草履因卡在大石头后面而留存下来，另一只则被冲走，半七觉得这也有可能，只是心里还有一个谜团没有解开。然而，眼下已再没什么可搜查的了，于是半七将那只带子有些松垮的草履交给与七，随后离开了。

"这草履或许也会派上用场，还请你好好保管。"

三

"那只草履颇像《镜山》里的那一通胡闹[1]，但那只纸老虎让人有些想不通。"

半七在归途中思考了一路，又去警备所问询。不论怎么审问，下总屋掌柜吉助都一口咬定自己一无所知，加之已经查清他平日的品行并不坏，故而吉助已暂且交由他的主家看管。宿在代迎客室中的两人也都交由各自主家看管，平安释放了。

第二天，半七前往八丁堀报告昨日调查的结果。藤四郎催促半七尽快办妥此案。半七应下，

---

[1] 指歌舞伎剧《镜山旧锦绘》，由人形净琉璃《加贺见山旧锦绘》中的部分内容润色改编而成，讲述的是武家后宅女子之间的明争暗斗，是日本著名历史剧《大奥》的起源。其中有女官用草履殴打他人的有名场面"草履打"。半七此处应该是由阿驹的事迹和本次案情联想到了"草履打"的场景，故有此说。

回家后唤来小卒多吉，附耳吩咐了几句。多吉心领神会，立即出了门。

此后第三日，赏花季节天气一贯多变，昨天傍晚不冷不热地阴了天，半夜开始淅淅沥沥下起小雨。清晨六刻（早上六时）不到，早起的半七正在洗脸时，伊势屋的与七气喘吁吁地来见半七。

"头儿，又发生了很多事。"

"是与七啊，大清早的这是怎么了？先进屋说吧。"

"不，没空心平气和地坐下说了。"与七坐在地板沿，语速飞快地低声道，"昨夜清场四刻[1]

---

[1] 清场四刻：江户时代游郭特有用语。在江户的时辰制度中，"四刻"原指夜晚 10 点，但游郭中的"清场四刻"指的是夜晚九刻，也就是午夜 12 点。原本游郭应该在夜晚四刻结束营业，但游郭主为了延长夜间营业时间，直到九刻才打象征营业结束的报时梆子，并且只敲四下，假装现在还是四刻，称为"清场四刻（引け四つ）"。吉原游郭唯一的大门也将在此时关闭，并且除了留宿整晚的客人以外，其他客人均须退场。这种行为使得游郭内部与外界的时间产生了断层，故而吉原游郭中就有了"清场四刻"和"钟四刻"之分，清场四刻指午夜 12 点，钟四刻才是真正的夜晚四刻，即夜晚 10 点。

到今早七刻（凌晨四时）之间，我们店里的阿浪跟人私奔了！"

"阿浪是谁？"

"是排在阿驹之后，店里排行第三的红人。虽然平素就与阿驹较劲，跟她有些不对付，但阿驹向来听之任之，故而两人也没起什么冲突。东家说阿浪忽然消失一定有什么理由，叫我来知会头儿您……还有一事非常奇怪，主人小心收好的那只纸老虎也不见了。纸老虎不可能自己长脚跑了，应该是被人带出去的，如今连个影子都找不着。"

"你东家当初将纸老虎收在哪儿？"

"东家说它不比其他东西，可说是阿驹的遗物，所以将它收进佛龛了。"

"佛龛啊，这地方找得着实不好。"半七咂了下嘴，"如今也没办法了。东西是什么时候丢的？"

"不清楚。昨天傍晚还在，所以一定是之后才丢的。"

"原来如此。"半七皱起眉头，"那个阿浪可有什么品性恶劣的情郎？"

"没什么印象。阿浪平素身体就不好，常说不想接客。不过她偏偏在这时候失踪，加上纸老虎也不翼而飞，总觉得很可疑……"

"确实可疑，里头兴许有内情。店里可还丢了其他东西？"

"其他好像没有了。"

"好，明白了。你回去和你东家说，此事我也会设法查清的。"

"有劳您了。"

与七冒雨匆匆离开。线索仿佛三题落语[1]——夹层草履、纸老虎、阿浪私奔，半七将这三个线索串在一起，仔细思考了一阵。先假设是阿浪因生意上的某种妒恨或是旧怨勒死了阿驹。在宿场做皮肉生意的妓女很可能做出这样的

---

[1] 三题落语：落语的一种形式，让观众提供人名、物品、场所三个要素，再由落语家根据指定要素即兴编一则小笑话。

事。她杀了对方后，表面上装得若无其事，终究内心有愧，最终待不下去逃走了。这的确很有可能，只是不明白纸老虎扮演了什么角色。阿浪为何要把它偷走？这个问题无法想通，谜题就无法真正解决。

正午过后，多吉有些尴尬地出现了。他的调查没能按照半七预想的那样顺利进行，总算是查到了一部分，于是便当面报告给了头儿。

"好，辛苦你了。虽然事情大致有了底，但还差临门一脚。你再加把劲。"半七又叮嘱了他一些什么之后才让他回去。

日暮时分，半七前往伊势屋时，发现阿定正站在门口。

"晚上好。"她一见半七便开口道。

"这雨终于下起来了。"半七甩着雨伞说，"听说这回又是阿浪出奔了？"

"是啊，一波未平一波又起，心里真不是滋味。店里人都说是阿浪杀了阿驹……"

"这可不对。没这种事。"半七笑着否定道。

"是吗？"阿定依旧忐忑不安地窥伺着半七的颜色。

"真不是那样。阿浪没事杀什么人呀？"

"的确。"阿定微微点头。

"哎，你等着看吧，我这就帮阿驹报仇。"

"有劳您了。"

阿定举起汗衫袖口擦了擦眼角。半七瞧了一眼，然后往里走去。店主夫妇的脸色更加晦暗了。半七询问过阿浪私奔与纸老虎失窃事件的来龙去脉后，安慰店主道："您不必担心。我心里已大致有数了。那个叫阿定的妓女是每日通勤的吗？她家在哪儿？"

"就在两三户外的酒铺后巷，租住在洗衣阿婆家二楼。"店主夫妇回答。

"那我现在去她家调查一番，你们不要让她知晓。"

"您怀疑阿定？"店主夫人惊讶地问道。

"不，还不确定，我先过去看看。"

半七悄无声息地起身离开，不出一炷香时

间便拿着一只用手巾包好的草履回来了。他叫来与七，让他拿来先前寄放在他那里的那只草履，接着将两只草履并排放在店主面前，发现是成对的。

"这只草履是从阿定家拿来的？"与七瞪大眼睛说。

"理由稍后再说。"半七笑道，"在此之前，我要先找阿定问问。若她还在店里，烦请叫她过来。"

"刚才来了客人，她应该在二楼……"

与七一脸受了蒙蔽的表情，慌慌张张地出去了。店主夫妇也无法贸然开口，于是都噤声不语。阿驹的遗物草履摆在桌上，店里死一般的沉寂。

"头儿，阿定不见了！我找遍了二楼都没有。"

与七悄声报告道。半七闻言，不由得抛下了手中烟管："混账东西，逃得还真快。她不太可能回家，以防万一还是过去看看。"

他匆匆离开伊势屋，再度来到酒铺后巷，得

知阿定未曾露面。半七再问房东阿婆最近阿定都去过哪里，是否有人上门找她。阿婆照实回答说，阿定每月会去一趟千住那边的寺院，除此之外她便很少出门，也几乎没人来找她。只有一次，大约一个月前，曾有个四十来岁、商铺仆役打扮的男人将阿定唤至门口，站着说了一会儿话后又一起出门了。半七详细打听了男人的长相和打扮，然后离开了。

半七走进宿场口的一家小饭馆吃了晚饭，然后往源助町方向走去。此时雨已经停了。半七掖好衣摆，收了伞，顺着昏暗的街道往前走，通过芝神明宫前的大街时木屐带子突然断了。半七"啧"了一声，环视四周，只见五六家铺子外，一家叫大岩的轿行里正发出朦胧的亮光。因平素就认识，半七拖着一条腿走了过去。

"哟，这不是头儿嘛。看来雨停得正好。"正在铺门口扎草履带的年轻男子招呼道，"怎么，带子断了？"

"不小心当了回孙右卫门[1]。"半七笑道，"还好没滑倒。什么都行，可否匀我块碎布条或麻绳？"

"好，没问题。"

盘腿坐在铺里火炉边的年轻人去里面拿了根麻绳出来。半七在地板沿上坐下来。

"头儿，我来帮您绑吧。"

"弄脏你的手，真对不住。"

半七由着年轻人帮自己绑木屐带子，不经意间抬头一看，发现一名男子正半撑着伞遮着脸站在门口。半七小声问身旁的年轻人：

"那是谁？老主顾？"

"那是源助町下总屋的掌柜。"

半七眼神一亮。本该处于家主看管之下的他，

---

[1] 孙右卫门：歌舞伎剧《冥途飞脚》中的人物，男主角忠兵卫的父亲。忠兵卫偷了武士的三百两金子，与妓女梅川逃往故乡新口村时，在村口遇见父亲孙右卫门归来。孙右卫门在泥泞中滑倒，木屐带断裂。梅川隐瞒身份上前帮忙，却被觉察身份。孙右卫门佯装不知，借机抒发亲情与正义难以两全的煎熬之苦。

到了晚上却擅自外出。光凭这点，半七就能抓了他审问，但他故意放过了男人。

"那他眼下要去哪儿？去宿场？"半七再度小声问道。

"好像要送他去高轮大木门[1]。"

说话间，年轻轿夫们已做好准备，躲在门口的掌柜钻进轿子走了。雨后微弱的月光朦胧地洒在轿子上。

"喂，我也要租一顶轿子，悄悄跟在他们后头。"

对方毕竟是捕吏，年轻轿夫们立刻做好准备，载上半七，追随着前头轿子上鬼火一般飘忽前进的灯火，两轿大概拉开有小半町的距离。前方轿子到达大木门后就将乘客放下，半七也跟着下了轿。他打发走轿夫后，便踏着泥泞快步前进。由于没时间等人帮忙绑好木屐带，他脚上穿的是大

---

[1] 大木门：大木门是江户时代在各街道上设置的简易关卡，是江户市内和市外的分界点。高轮大木门位于今东京都港区高轮二丁目，属于东海道。

岩外借的木屐。

眼下已过五刻（晚上八时），海边的茶摊都已闭店。下总屋掌柜吉助停在自北往南数第五个茶摊前，悄悄四下张望了一阵。不知何时，他脸上已蒙好了手巾。

四

"眼下我的身份与以往不同，想从店里逃出来可不容易。即便如此，我还是在神明宫前搭了轿子过来。"

"你不知我在这里等了多久。我以为自己定是被骗了，都已经做好被骗的准备，做好了打算……"

说这话的是个女子。半七内心窃喜。他躲在苇帘子后头，一字一句地偷听隔壁茶摊里的秘密谈话。

"那你说，接下来该怎么办？当真只能那样做？"

"我也下过许多功夫，谁知那边来了个'荒神[1] 老爷'。今夜我认定事情已无转机，才会心一

---

[1] 荒神：指佛教中守护佛法僧三宝的三宝荒神，在日本民间与灶君混同，亦为地域守护神，延伸指代暗中保护他人的人。

横跑去找你。你也做好心理准备，壮起胆子。"

"若突然失踪，岂不反而遭人怀疑？"男子似乎还在犹豫不决。

"你这样可不行。你这是恋恋不舍。"女子有些焦躁地说，"如今不是遭怀疑，而是已被掀了老底，不能再磨蹭了。莫非你想让脑袋被砍下来挂在铃森刑场上，眺望海面上的白帆？"

"别说了，光听听就心里发毛。事已至此，我自然也无可奈何。那你打算逃到哪里？"

"我有个熟人住在骏府乡下，打算先过去投奔，风头过去之前只能将就吃麦饭 [1] 了。你无论如何都不想走？"

"也不是不想，只是要做就做到底。既然决定那样行事，我也得张罗一下路上的盘缠和其他事宜。若光揣着五两十两的草鞋钱就贸然出发，到底是太危险了。"

---

[1] 麦饭：用大麦、稞麦等麦子，或麦子与大米混和煮熟的主食。

"五两十两……"女子愕然道，"你！只有这么点钱？我刚刚不都一再叮嘱过你了？骗人，一定是骗人！你带了不止这点钱吧？快拿出来给我看看！"

"不，真的连十两都没有。不然这样成不成？这里有八两多，你拿着这些先走一步，成不成？我先回家一趟，凑够了钱就追上你。我不骗你，一定会去追你！"

"不成，不成！"女子嘲笑似的说道，"想靠这些好听的话蒙混过去，用不到十两的金子打发我？不可能！你被我这样的人看上也算上天注定。我是无论如何也不可能放过你的！"

"不，我真不是这个意思，而是光靠这五两十两的确实办不成事啊！不，我没有私藏。你若不信，我全拿出来给你看！"

说话声就此中断，黑暗中传来了似在数钱的窸窣声，谁知下一刻竟突然响起长凳翻倒的声音，接着又传来男子的呻吟声。半七立刻掀开苇帘子冲出去，结果一照面便碰上了女人。女人连滚带爬地奔上大街，半七赤足追了上去。追出两三间距离后，半七抓住女人。女人又抓又咬地挣扎反抗了一阵，最终还是浑身是泥地被按在了泥地上。不用说，她正是阿定。

吉助已在茶摊中被勒死。半七将阿定押至警备所，后者似已认命，乖乖招供了一切。

原来阿定本是板桥[1]的妓女，是那个石原的松藏的情人。她找了个挥金如土的冤大头为她赎身，然后逃去松藏家。两人恩恩爱爱地处了大半年。接着，由于追缉松藏的风声越来越紧，他便跟女子讲清缘由，准备先离开江户，结果在高轮被室积藤四郎逮捕。掷下草鞋帮助缉凶的伊势屋阿驹也受了赏赐。此事传遍整个江户，阿定悲痛于松藏的不幸，同时也怨恨上了伊势屋的阿驹。捕吏缉凶是职责所在，无可指摘。可正因为外行人阿驹多管闲事，松藏才没能成功逃脱。松藏就

---

[1] 板桥：板桥宿场，江户时代中山道六十九宿场中，自起始点日本桥之后的第一个宿场。今东京都板桥区本町。

戮的那一刻，阿定更坚定了复仇的执念。她偷偷领回男子的尸体，托人悄悄葬在自己的菩提寺，每月忌日定会去祭拜。

　　既然对方是妓女，阿定想接近对方就只能进入伊势屋，于是曾经也是风尘女子的阿定立刻想到再度成为最下级的妓女住进去。她找人引荐，成为伊势屋的雇工之后，努力招阿驹喜欢，最终与她情同姐妹。阿定还让阿驹给自己看了当初扔到松藏脸上的贵重的夹层草履。制造了足够的机会接近仇敌后，她又开始思考该采取何种手段复仇。妓院毕竟耳目众多，她又隐藏自己的罪行，故而迟迟找不到下手良机，心里焦躁万分。就在这时，出现了一个对她来说非常有利的对象。那个人就是下总屋掌柜吉助。

　　吉助是阿驹的熟客，自然与阿定也很亲密。不仅亲密，阿定那经年累月的成熟风姿也惹得吉助心猿意马。趁阿驹去其他房间伺候时，他也时不时会与阿定开些大胆的玩笑。心怀鬼胎的阿定最终从了他，开始固定在宿场内某个小食铺的里侧二楼与他幽会。这是因为她平时就在考虑，若不找个客人笼络进自己阵营，想要达成目的恐怕有诸多不便。出于这样的考虑，阿定就为自己找了个同伙，而且这同伙在三月十二夜里也过来寻欢了，松藏被捕那天刚好也是十二日。于是，阿定最后下定决心在当晚动手，在酒席上拼命向吉助和阿驹劝酒。

等到整个二楼大抵陷入沉睡的时刻，阿定趁机偷溜进阿驹的房间，爬到正睡得昏天暗地的仇人枕边，用房内现有的细绳用力勒死阿驹。这时，睡在身旁的吉助醒了。吉助大吃一惊，正想惊呼时，阿定制止了他，然后哭着求他不要声张。由于对方不是旁人而是阿定，懦弱的吉助也感到为难。他一来觉得棘手，二来心下恐惧。阿定边哭边恐吓他，若他将事情张扬出去，自己一定会凭一张巧嘴将他拉下马，让他也与自己同罪。吉助已是头昏眼花，最终只能听从阿定的指示。阿定从衣柜抽屉中取出方绸巾包裹的那双草履，一只通过栅格窗丢进海里，一只则隐在袖子里带走。

过了一阵子，吉助颤声叫人。

如此，复仇的目的也达成了。虽做了种种措施掩盖罪迹，阿定心中的不安却不肯轻易散去。当投入海中的那只草鞋被半七发现时，她为了佯装无辜，故意出面证明那是阿驹之物，但她依旧无法安心，于是绞尽脑汁，又怂恿与阿驹关系相对较差的阿浪。阿定利用阿浪平素苦于身体孱弱这一点，成功唆使她出奔，引导众人怀疑凶手是阿浪，企图以此隐瞒真相了结此案，但这小把戏也以失败告终。半七似乎仍旧怀疑她，心里有鬼的阿定也再待不下去了。

想逃离江户就需要盘缠，加之担忧吉助日后会乱说话，阿定便让吉助筹措盘缠，准备带他一起逃走。她去下总屋偷偷叫出吉助，约好今夜在高轮相会，谁知吉助带的钱并没有阿定想象中的多。然而，阿定始终不放心将唯一知晓秘密的吉助留在江户，于是冷不丁用自己的手巾缠上对方脖颈，再度用当初对付阿驹的手段收拾了他。

"你既已报了情人的仇，为何不乖乖自首？"

奉行所如此审问时，阿定流着泪回答："若我不在了，这世上就没人祭拜松藏了。"

为情人报仇……这种案件在当时是极受大众怜悯的，视情况甚至可能无罪释放。然而她是罪人的情人，怨恨他人本就是颠倒黑白。加之她还杀了曾帮助奉行所办案的伊势屋阿驹，更对吉助下了手。如此一来，她罪孽深重，游街之后被枭首示众了。

"以前偶尔也有报复告密之人的事例，但仅限于恶徒同伙之间，鲜有对协助缉凶的外行人施加报复之事。"半七老人说，"而且凶手还是个女人，这才令众人惊诧。说到这里，你应该大致明白了。我一开始就盯上了阿定。石墙下捡到的阿驹的草履，从草履带的弯曲状态和鞋底的磨损痕迹立刻就能判断它是穿在右脚上的。而阿驹抛至松藏脸上的是左脚的草履。因此，最要紧的左脚草履不见踪影，唯有右脚草履被抛弃，这着实有些奇怪。若真只是恰好没被潮水冲走，那自然没什么，否则就是扔草履的人与这草履有什么关系……换句话说，我当时突然想到，会不会是某个与松藏有关系的人报复阿驹后，只丢下右脚草履，而把左脚草履带走了。"

"那纸老虎是怎么回事？"我问。

"至于放在阿驹枕边的纸老虎，我猜它应该也与松藏有关，于是吩咐小卒多吉去调查奉行所的判决书，得知石原的松藏是天保元年（1830），也就是庚寅虎年生人。虎年生人与纸老虎，确实有联系。如此一来，我便断定，此案应该是某个与松藏有某种牵扯之人杀了阿驹，并用纸老虎代替松藏的牌位放在了阿驹枕边。集齐这两个物证后，我们便开始专心追查与松藏有关之人。现场没有凶徒从外部闯入的痕迹。因此，到底是当晚的客人干的，还是店里人干的，这点非常难以判断。后来听说阿驹与自己身边的下级妓女阿定特别要好，反而更令我怀疑。还有一条线索：松藏就刑之后进入伊势屋的只有阿定一人。我便一步一步深入追查她的来历，最终就如前面所说，逮捕了她本人。存放在伊势屋佛龛中的纸老虎果真是阿定偷的。据说她打算等风头过去了，就悄悄将它埋进松藏墓里。即将行刑之时，奉行所问她有何遗愿。阿定将那只小老虎挂在纸制念珠一端，挂在自己的脖子上，骑马游街了。"

（02）

海坊主[1]

---

[1] 海坊主：又称海法师、海入道，日本传说中一种居住在大海中的妖怪，形象为一个体形硕大、全身黑乎乎的光头和尚。一般会在暴风雨或傍晚时出现于海面上，向渔夫索要捕获的鱼，否则会吐出黏液或掀翻渔船。"坊主"在日文中意为和尚。

一

"可惜，可惜。你运气不好。若是昨晚前来，你可有大餐享用了。"半七老人笑道。

那是四月中旬一个天朗气清的日子。

"那确实可惜。为何昨晚有大餐？"我笑问道。

"唬你呢，其实我昨日弄了一身狼狈回来。为了小一升蛤仔和三只碎木片一般的比目鱼，弄得浑身湿透，我要是开鱼铺的，压根吃不上饭。哈哈哈——"

仔细一问，原来昨天是旧历三月初三，恰逢朔望潮。半七老人受邻居邀请，暌违多时到品川海边拾潮，怎料樱花时节的天气照例说变就变，晌午时分忽然下起了雨。众人逃入船中避雨等天晴，结果别说天晴，雨反而越下越大。众人只得死心归家，谁知惯爱捉弄人的雨竟在傍晚停歇，今日晴空万里。因此，昨日的收获只有先前说的那些，根本不值一提。蛤仔给了邻居，比目鱼则让阿嬷煮了，两人一起吃下了肚。

昨日收获甚少虽是意外，但老人说，近年台场[1]一带的猎物似乎少了许多。之后话题逐渐发散，老人说起了如下故事。

安政二年（1855）三月初四午后，有个怪人出现在品川海滩。

是年三月初三上巳节下了小雨，可谓江户定例活动之一的赶海拾潮只得延期至次日。今日一早便晴空朗朗，众多赶海的大舢板和小货船纷纷驶出品川海面。也有人乘坐篷船。远处缀着安房、上总的群山，已化作一望无际的游乐场所的沙滩

---

[1] 台场：位于日本东京湾品川海滨，原本指江户时代末期，幕府方面为了抵御外敌而在日本各地海滨设置的炮台。由于品川东京湾水域的一系列炮台特别重要而出名，被称为"品川台场"，江户民众便以此称呼该区域。

上，众多男女老少在晴朗的日光下踏着闪亮的细沙，忙碌地寻找文蛤和玄蛤。

他们大多忘了时间，很晚才吃晌午饭。有人回到船上，摆开从家中带来的食盒；有人等不及先让寻到的蛤蜊吐沙，直接做成了蛤蜊汤大快朵颐；有人则在贝类之外还抓到了小比目鱼和牛尾鱼，自豪地拿来炖煮或烘烤享用；亦有人在沙滩上铺着毛毡或薄席子，吃着饭团或紫菜卷寿司。人们在温暖的海风中尽情地吃喝谈笑。

一片欢声笑语中，一个怪人如幻影一般蓦然出现。当然，没人知晓他从何而来。此人四十岁上下，长发蓬乱，看不清相貌，只有一双锐利的眼珠湛湛发光。他身穿破旧夹衣，外罩一件崭新的蓑衣，手持一根酷似紫菜插杆的枯枝杖，光着一双脚，晃晃悠悠地四处徘徊。这身打扮不像这一带的渔夫，却也不似一般的流浪乞丐。他看着好似疯癫，又好似绘画中的仙人。故而每当他路过身旁，人们都瞪大眼睛打量着他。在众人的回望、注视下，他却心平气和地在赶海拾潮的人群中穿梭。一些年轻女子甚至有些害怕地躲在了人后，也有人逃进船中。

不过这个奇怪男子似也没想对他人做什么，但也不像在四下走动观赏嬉闹游乐的人。他只是睁着一双锐利的眼睛，漫不经心地到处徘徊。没一会儿，他被一群工匠打扮的男子围在了中央。一个醉醺醺的工匠堵住了他的去路，手臂一伸递出一个大酒杯：

"喂，老兄，劳驾，喝一杯！"

怪人咧嘴一笑，沉默地接过酒杯，一口气喝完了对方倒的酒。

"哟，喝得够痛快！那再来一杯！"另一人又递出酒杯，怪人也毫不犹豫地一饮而尽。

此举似乎逗乐了大伙，只见其他人也拿了吃剩的饭团过来，他也大大咧咧地狼吞虎咽。不论是紫菜卷寿司还是咸仙贝，不管给他什么，他都立刻塞入口中。而且他只是偶尔不出声地笑着，一句话也不说。不论谁与他搭腔，不论谁问他问题，他都如聋了一般，从不回话。由于他只是一声不吭地吃下工匠们半开玩笑递过来的酒和食物，围观他的众人也渐渐腻烦了。他似乎也吃饱了，又穿过众人的围观，四处转悠起来，自然也没跟任何人搭过腔。

至于他之后去了哪里，也无甚可在意的。各船的乘客都吃过午饭，继续赶海。可是，大约傍晚七刻（下午四时）过后，那怪人又摇摇晃晃地出现了。他也未针对哪个特定的人，只是指着遥远的海面方向兀自大叫：

"潮水来了，潮水来了！"

众人被他的叫喊声惊动，朝他所指的方向眺望，却未见广阔的海涂上有涨潮的迹象。大家都知晓今日的晚潮还有半刻有余的时辰，可那怪人又指着高远的天空叫道：

"飓风来了！天狗腾云来了！"

此次他指着的不再是海面，而是对面的陆地方向，正好是爱宕山一带的天空。虽然少有人将这疯疯癫癫的警告当回事，但那些熟悉品川海况的人还是感到些微不安，顺着怪人所指的方向望去，只见春日还未完全落山的江户上空依旧碧空万里。

"飓风来了！"他又叫道。

天朗气清之日忽然刮起飓风之事在品川海上也曾有之。船夫们自然知晓此事，故而也未能对这怪人的警告全然一笑之。只是四下都不见可能带来妖风的乌云，他们也便松懈下来。谁知那怪人竟又喊道：

"潮水来了！飓风来了！"

他的喊叫声越发急迫，最终如发狂一般四处狂奔喊叫：

"飓风来了！潮水来了！"

飓风来袭与涨潮本是两码事。知晓此事的人依旧一笑置之，而那怪人似众人已深陷危殆一般，一手指着天空，一手指着海面，上蹿下跳地持续大喊：

"飓风来了！"

在这发疯似的上蹿下跳之间，他一脚踩入沙滩的坑洼，倒在海水洼子中。即便倒地，他依旧叫个不停。

"这疯子。"

性急的人已然心里窝火，捡起手边的贝壳便掷了过去。一些人则抓起沙子往他身上撒。即便如此，他依旧不闭嘴。贝壳纷乱袭来，其中一块较大的砸中了他的额头，鲜血顿时从他左侧眉毛上方流下，他沾满鲜血和细沙的脸庞显得尤为骇人。他的目光越发犀利，还是大声呼喊着飓风和潮水将至。事到如今，众人虽都将他当疯子看待，可心中对于他的警告也涌出了些许不安。有些妇孺之辈较多的团体已经开始收拾物什回家。此时，某个船夫——是个老大爷，他自方才起便似那个怪人一般，手搭在眼睛上遮光，远眺陆地上空，如今突然起身大吼道：

"是飓风！飓风来了！快回去！"

他长年在海上讨生活，嗓音洪亮。他的喊声响彻远方，传入众人耳中，让他们大吃一惊。原来，爱宕山上空一带已露出了一小片乌云。其他船夫霎时哄闹起来，也异口同声地高喊"飓风来了，飓风来了"，四处奔走相告。现下虽是退潮后的海面，这些呼喊声依旧让众人心惊胆战。或远或近的人们遥相呼唤，慌慌张张地准备退至自己船内。此时一阵狂风猛地从天边刮来，黑云岿然不动，夕照未尽的西边上空依旧晴朗，海上却有看不见的狂风呼啸肆虐。脚力薄弱的妇孺之辈已然无法站稳，有人踉踉跄跄，有人被风吹倒，大家都趴在沙滩上。船檐挂着的小红灯笼和铺在地上的毛毡、薄席之类都似被什么东西掳走一般卷至遥远的空中。人们惊呼着，惊慌失措地乱作一团。

船夫们四下奔走，手忙脚乱地试图将各自的客人救入船中。可今日不知为何，潮水似比往常来得早些，沙滩上如同聚集了无数蟹群，四处噗噗冒着白色泡泡。船夫们见状又是一慌。

"涨潮了！涨潮了！"他们边与狂风搏斗，边四下呼喊道。

所幸飓风持续的时间不长，但潮水已渐渐上涨。人们越发惊慌，仓皇逃至船上。此番虽未出现死者，但还是有不少人在飓风肆虐时被树枝或其他杂物所击中，导致脸上或手足负伤。也有人在被风刮倒时为贝壳或石头所伤。手巾之类全被卷走，不论男女都是披头散发。众人放在船上的罩衫之类大抵已被风卷走，不知去向。男人的钱夹、女人的簪子……此类失物更是不胜枚举。

抓到的文蛤、玄蛤等也大抵被丢弃，能保住一条性命已是万幸。就这样，今日前来赶海的人们都狼狈不堪地回了家。

二

回到各自的住处，众人总算松了一口气，大家七嘴八舌地说起了那个怪人。他的着装打扮和行为举止异于常人不说，更令人感到惊奇的是，他竟先于所有人预告了飓风和潮水的到来。早在连老练的船夫都未能察觉之际，他是如何率先发现天灾将至的？原先被视为疯人疯语而被众人当耳旁风的警告竟一一应验。莫非他是神明？是仙人？众人无从判断。

混乱时，没有人看见他之后如何，又去了何方。当时最后撤离现场的是筑地[1]河岸的山石租船行的船，船夫是一个叫清次的年轻人，乘客是

---

[1] 筑地：江户时代隅田川入海口附近的一处地域名，位于今东京都中央区隅田川北岸，是江户时代进行填海工程造就的人工陆地。

五名男子与一名女子。他们带着众多美酒佳肴上船，赶海只是名头，大多时候都在船内饮酒作乐。下午出船后，他们随大流捡了些蛤仔之类，接着便狼狈地遇上那阵飓风。五名男子中的两人仓皇逃入船中，另外三人和女子没有回来。逃入船中的两人心下担忧，故而又出去找。

清次也无法坐视不管，便跟着一起出去寻找。可惜风太烈，沙子和小石子砸在他的眼睛、鼻子上。清次慌乱中在原地呆立一阵，结果就不见了那两个男人的踪影。最终，他睁开眼睛再次四下搜索一阵后，才远远望见远处有一男一女正跪坐在沙滩上，似乎在说些什么。那女子好像是自己船上的客人。清次边呼唤边靠近，恰逢一阵狂风袭来，清次招架不住，只好趴伏在了地上。当他再抬起头，男女都已不见了。清次返回船上，发现五名男客和那名女客都已不知何时平安归来。

若仅是如此倒也没什么，然而清次看见了当时与女客对话的那名男子似乎正是那个怪人。不过当时场面混乱，也不是计较这些事情的时候，故而清次什么也没说，将船撑了回去。

清次当时虽未说什么，但之后每次一有人说起那怪人，清次就会将此事说一遍，吹嘘自己船上的女客似乎认识那个怪人。当日船客中，有两名男子曾来山石租船，但交情较浅，不知他们是何方人士，其他三名男子和女客则是头回光顾的客人。因此，清次对船客们的身份一概不知，看他们的打扮像下町的商人，给船夫的赏钱也相当可观。

此事传入了半七耳中。他立刻前往筑地河岸，首先盘问了船夫清次，但他除了先前言明的信息外，并不知晓其他线索。租船行就更不知晓了。

"若那船客当中有人再来，务必通知我。不然一个搞不好，你也会惹得一身腥。"

半七嘱咐完毕就走，此时已是赶海拾潮半余月后。半七回到神田三河町家中，立刻唤来小卒幸次郎，命他查明清次这个年轻船夫的身份来历。幸次郎领了差事离开，第二天便回来了。

"头儿，大抵查清了。我跟那船夫的同僚打

听了一下，清次那厮如今二十一二岁，至今没什么坏名声。"

"有没有什么嗜好？"

"到底是船夫，会喝点小酒赌点小钱，但好像没什么让人能捏着鼻子走的臭毛病。听说他与一个品川女子交往甚密，他毕竟是个年轻人，倒也正常。"

"别将心比心偏袒人家。"半七笑道，"算了，知道这些以后，我心里已大致有数。你辛苦些，再跑一趟品川，查一下那家伙这阵子的玩乐情况。知道是哪家铺子吧？"

"知道。就是妖怪伊势屋的阿辰。我这就去。"

幸次郎又离开了，但他当天晚上带回来的消息让半七有些失望。

"听说清次每月去四五次，每次花的钱都符合他的身份。他这个月已经去了两趟，花销说不上阔绰。如何，要不再查些别的？"

"得了。目前先这样吧。"半七说，"不过事情不会就这么算了。你之后也帮我盯着点那家伙。"

"是。"

幸次郎再次应下差事离开，但也没查出什么特别值得注意的地方。又过了半月左右，此案依旧没等来新的报告。所谓谣言隔季无人传，赶海拾潮时的怪人传闻也渐渐销声匿迹。半七虽忙于其他事，心里却一直惦记着此案。

"那船夫如何了？"半七偶尔会如此催促。

"头儿，您可真执着。"幸次郎笑道，"我一直小心盯着呢，但没找到什么线索。"

"那个船客之后一直没来过？"

"听说是没来过。"

四月在忙碌中结束，五月飘然而至，每天如梅雨季一般落雨不停。五月初十早晨，半七比平时稍晚起床，叼着牙签走到外廊。邻家庭院里的石榴花湿润而又红艳。外头传来了稗苗盆栽的叫卖声。

"唉，看来今儿也要下雨。"

半七有些郁闷地仰望着阴沉的天空。此时，

外面的格子门咔嗒一声被人拉开，幸次郎慌慌张张地冲了进来。

"头儿，您起床了吗？"

"刚起。怎么了？"

自赶海拾潮事件以来，由于半七催得紧，幸次郎无奈下除了盯着筑地河岸的那个船夫，还把芝浦、柳桥、神田川一带的租船行都转了一遍，一刻不停地寻找线索。焦灼之余，他于今日偶然打听出一件事，而且此事就发生在昨夜。神田川租船行的船夫千八带着熟识的客人去隅田川上游方向撒网打鱼。客人是本乡汤岛一位隐退的旗本老爷，名为市濑三四郎。夜晚四刻（晚上十时）过后，船自吾妻桥往绫濑方向逆流而上，雨也暂时停歇。客人和船夫原本都做好了被淋湿的准备，披蓑戴笠。旗本老爷眼见雨停，便摘下斗笠，露出了斗笠下系着的汗巾。

"外行人一戴上蓑笠就撒不好网了。"

旗本老爷自己也撒网捕鱼。今夜收获不多，他有些急躁。

"网给我，我来撒。"

旗本老爷从船夫手中接过渔网，撒向昏暗的水面，结果好像网住了什么大家伙。老爷嘴里念叨着"不知是鲤鱼还是鲇鱼"，在千八的帮忙下收网一瞧，那"大家伙"并不是鱼，而是一个人。夜间撒网打鱼却捞上来一具溺死的尸体，这样的事并不少见。船夫也曾有过如此经历，故而对这"深夜访客"一脸嫌弃。借着篝火看清是具男尸后，船夫立刻打算将他丢回河里。

"当时的船夫们都有一种习惯。"半七老人此时对我解释道，"对于投河自尽之人，若是女子，他们便会搭救，而若是男子就置之不理。因为女子气量小，会为一些鸡毛蒜皮的小事舍命，也会为不值得的事轻生，故而船夫们会救。男子就不一样了。男子一旦决心赴死，定有必死的理由，定有无法苟活的苦衷。如此，见死不救才是为他们着想。故而男子投河寻死时，船夫们一般不会施以援手。这种举动成了习惯，故而在捞到溺死者时，若是女人，船夫们便会捞起来救助一番，若是男人大抵会任其流走。说起来，男人们真是毫无立场，但也没办法。"

这船的船夫也打算将男尸抛回水中流走，但被旗本老爷制止。

"算了，捞上来吧。触了我的网也算有缘。"

既然旗本老爷这么说了，千八也不可能争辩。他依照指示操纵渔网，使劲将男人拉上了船。结果那男子竟然没死，一出渔网就立刻盘腿坐了起来。

"有没有吃的？肚子饿了。"

旗本老爷和千八都吓了一跳，只见那男子将手伸进旁边的鱼篓中，抓了条小活鱼便狼吞虎咽地生吃起来。两人见状更是惊诧万分。

"还有别的吗？有酒吗？"他又道，"别磨蹭，否则请你们吃这个。"

说着，他从裹肚中突然抽出把匕首指着两人。船夫又吓了一跳，那位船客到底是名武士，他立刻打落男人的匕首，再度将他抛至水中。

"哈哈，遇上一只为非作歹的水獭。"旗本老爷笑道。

　　然而谁都知道那并非水獭。千八一声不吭。旗本老爷似是败了兴致，吩咐今夜就此打道回府。船夫闻言，顺从地将船撑了回去。

　　幸次郎报告完毕，窥探着半七的脸色问道：

　　"如何？是不是很怪？"

三

半七沉默地听完报告，最终似是想起了某事，颔首道：

"嗯。去年也发生过类似的事，你不知道？"

"不知道。"幸次郎疑惑道，"内容也一样？"

"对，说是麻布那一带的人。三四个商人夜里去品川撒网打鱼，结果海中突然浮出一个披头散发的男子，吓了船上的人一跳。那男子冷不丁跳上船，跟他们要吃食。"

"哎，这还真像。"幸次郎惊讶地睁大双眼道，"之后呢？"

"那几个人吓坏了，对方说什么就是什么，将带来的酒和饭食全拿出来给他。听说那男子一口气将酒菜全吃了喝了，然后又跳进了海里。"

"简直像河童或海坊主。如此看来，昨晚那

家伙也是他了。"

"必然是他。"半七说，"这世间再怎么大，也不可能出现好几个像这样的怪人。两者定然是同一个人。前阵子赶海拾潮时出现的那家伙肯定也是他。不过这人着实怪异。明明是人，却生活在水中，只偶尔上岸或上船，确实像极了河童一族。不如咱们去葛西[1]的源兵卫堀找找。"

"确实。"幸次郎也笑了。

这阵子有人将脸或身体涂黑，边啃黄瓜边唱"吾乃葛西源兵卫堀河童之子"，以此乞食。故而众人都半开玩笑地流传"河童啃食生黄瓜，家住在源兵卫堀"，似乎还有人信以为真。半七又笑问道："你说昨晚那厮拿出了匕首？"

"对。说是拿出了闪着寒光的东西指着船夫的眼睛。"

"那他就更怪了。这种家伙若是放任自流，

---

[1] 葛西：江户时代地域名，指武藏国葛饰郡地界，大约相当于如今东京都葛饰区、江户川区全域，以及墨田区部分、江东区部分。

准对世人没好处，谁知他最后会做出什么事来。你容我仔细考虑考虑。你自己也注意着些。"

幸次郎走后，半七又想了许多。听了幸次郎的报告后，他大抵已经弄清昨夜发生的事。谨慎起见，半七打算再去找船夫千八打听一下详情，说不定能找出新的线索。半七起身打开窗户，只见上午似要放晴的天空竟又逐渐阴沉下去。

"真没办法。"

半七一咂嘴，出了神田自宅的门，却在巷口拐角遇见了一个年轻男子，正是筑地山石租船行的船夫清次。

"头儿，您早。"

"哟，清公。你上哪儿去？"

"我正想去您家……没想到正好碰上了。"清次近前低声说道，"是这样的。这阵子每日天气都不好，生意也不忙，故而今日过午，我便去了小梅村的友人家玩耍，结果在途中遇见了一个女人。那女人似乎刚从附近的澡堂回来，手里拿着一套梳洗工具，撑着把蛇目纹油纸伞。我瞧着眼熟，便在擦身而过之际悄悄觑了一眼伞下。头儿，您猜怎么着？她就是之前赶海拾潮时的女人。"

半七无言领首。只见清次看一眼左右，继续说道：

"我心想决不能放过此次机会，便悄悄跟在那女人后面，走了小半町路后看见了一家瓦铺，然后亲眼见她走进了瓦铺旁边那处围了树篱的屋子。我不动声色地找邻居打听了一下，那女人好像叫音羽，侍奉一个深川那边的老爷。怪不得，我见她那院子收拾得整整齐齐，日子过得甚是清爽利落。"

"是吗？"半七笑着点头，"辛苦你了，干得不错。那女人是否三十岁上下？"

"乍一看也像二十七八，也可能已经三十，甚至三十一二岁了。她身形细长苗条，打扮俏丽，我觉着不是良家女出身。"

"明白了，明白了。路这么难走，劳你过来通知我一趟，改日一定答谢你。"

辞别清次后，半七站在路边思考了一会儿。

清次那日载的拾潮客似乎与那个怪人有关联，毕竟他亲眼见过那名女船客在飓风中与怪人谈话。只要将这一群拾潮客一个一个查下去，定能查出怪人的真实身份。看来，与其去神田川盘问千八，不如先去小梅找出那女人更快，于是半七打定主意直接去小梅。阴沉的天空竟又稍稍明朗，半七走过厩桥时，浑浊的大川水也已开始泛光。

"伞也成累赘了。"

半七哑嘴一声，往对岸走去。当时小梅的中之乡一带和为水春水笔下的《梅历》[1]大同小异。院外围着卫矛树篱的屋舍零零散散地错落着，附近的农田与池塘里传来此起彼伏的蛙叫声，似在呼风唤雨。半七踩着矮齿木屐，在一片泥泞中艰难行走，终于到达了清次所说的瓦铺跟前。

音羽家说是在瓦铺隔壁，其实中间隔了一片空地，空地上还有一口老井，井边开着大朵绣

---

[1]《梅历》：江户时代通俗小说的代表作，作者为水春水，剧情描述花心的美男子丹次郎遭人陷害落难，又在未婚妻阿长和情人米八的帮助下被证清白的故事。

球花。半七探看一眼井中，再偷眼打量一番篱笆那头的住居，发现音羽家虽然不大，但正如清次所说，这屋舍在这一带算得上整洁利落，庭院里也茂盛地开着绣球花。

"真没法子，又往院子里乱丢骨头……千代呀，你拿去丢到垃圾堆里吧。"

刚听闻外廊上传来一个女声，便见一个婢女拿着扫帚来到院子里，似在将鱼骨之类的垃圾扫至一处。半七本以为是猫狗将吃剩的骨头乱丢一气，随后想到了另一件事，于是蹑手蹑脚地绕至后门。只见婢女将那堆类似骨头的东西丢入垃圾堆后，便进了厨房。

半七悄悄往垃圾堆中探看一眼，发现那些鱼骨似乎全是生鱼。猫狗之流鲜少能将生鱼吃得这么干净。半七更加仔细地窥探，发现垃圾堆底部还堆叠着许多生鱼骨。

半七回到井边，恰巧看见貌似瓦铺老板娘的女人抱着脏衣服走了出来，便假装问路上前搭话，打听邻家平日光顾的鱼铺。瓦铺老板娘浑不在意地透露那是一家叫鱼虎的铺子，距离此地半町左右，还能做一些可口的饭食。

半七便前往鱼铺，打听出了更多信息。原来音羽家中只有她和婢女千代同住，侍奉深川木场某家铺子的掌柜，似乎过得颇为讲究。每次老爷一来，那厢便会叫上三四碟菜肴让送过去，老爷不来时也会每天买些鱼。但自三月末起，那家便常买鲜鱼。虽未见其家中多了人口，但东西确实买得多了。也没见他们养了猫狗。知晓这些后，半七心中已对此事的来龙去脉有了大致猜想。

四

知晓这些事，已然可以立刻传唤音羽进行审问。不过她三十多岁了，还是个外室，或许寻常手段无法撬开她的嘴。骨头硬的女人比男人更难应付。在这一点上，半七曾吃过不少苦头。他心里想着必须拿到任她嘴再硬也无法抵赖的证据，一脚迈出了鱼虎铺子正往回走时，中途碰上了一个年轻女人。她正是音羽家的婢女，手里拿着个小包袱似乎要出门买东西。

"千代姑娘、千代姑娘。"

年轻婢女听见有人叫自己，有些疑惑地回过头来。

半七凑过去，语气亲昵地说："我是鱼虎的亲戚，两三日前来这里暂住。昨儿你来买东西的时候，没见着我就在铺子后面吧？对了，你当时来拿了一条鲻鱼、两条沙鲛，哦，还有一条小鲣鱼，是吧？本来铺上说给你送过去，你说家里急，直接拿回去了，没错吧？"

千代沉默不语。天空越发明亮，强烈的日光从微裂的云缝中洒下。半七拉着她来到路边的大朴树下。

"我看了鱼虎的账目，发现铺上时常给你家外送吃食，是给木场那位老爷的吧？"

千代默默点头。

"这我是知晓的。但你家还有一位客人，那客人有时会消失四五日再回来。他昨日来了吗？"

千代还是不说话。

"莫不是日落之后出的门，半夜才回来？抑或是今早才回来的？这人口啖生鱼，还在院子里乱丢鱼骨头，给你添了不少麻烦吧？"

对方仍是一声不吭，但看她的脸色，便知她心中隐隐的不安好似已化作恐惧。

"是不是？很麻烦吧？"半七笑着说道，"那种不知是仙人、乞丐还是山中男妖的客人住进家里，定会让家中人头疼不已。那人是谁？家中亲戚？”

"不知。"

"他叫什么？"

"不知。"

"是偶尔来，还是经常来？"

"不知。"

"撒谎。"半七语气严厉了些，一把抓住了千代的手腕，"你在那家干活，如何能不知道这些事？若没这个人，你为何不一开始就否认？问你他是不是家中亲戚，你说不知；问你他叫什么，你又说不知。这就是你家确实有这个人的证据！从实招来！你今年几岁？"

"十八。"千代小声答道。

"好，我要查些事情，你跟我一道来警备所。"

千代闻言立刻面色苍白地哭了出来。

"带你去警备所也怪可怜的，那就去鱼虎吧。"

半七拉着她回到鱼虎铺中。老板和老板娘似是猜到了半七身份不一般，将他们引入里屋，恭恭敬敬地奉上了茶水。夫妻俩安抚住哭哭啼啼的千代，劝她事已至此，一五一十地招供才是为自己着想。故而，年轻的婢女最终坦白了一切。

去年冬夜里，一个不知是乞丐、仙人还是山中男妖的男人来找音羽。千代说，自己不知道他是打哪儿来的。音羽好像给了他钱，但他不收，音羽只好将他安置在仓房里。男人时而会溜出门到别处去，之后又突然回来。奇怪的是，他很喜欢吃生鱼。当然，一般的炖食、烤食也吃，除此之外非要吃些生食才罢休。他会从头部开始大口吞咽生鱼。他怀中藏着一把匕首，若不给他吃生鱼，他会立刻亮出匕首挥砍。音羽对这一点似也感到头疼。千代心里发怵，便想辞了工作离开，然而主家多给了赏钱，硬要她留下，故而她也很为难。千代说，那个男人怎么看都像个疯子，但自己一点也不知道他与主家是什么关系。

半七心想，这样一个怪人在身边出没，左邻右舍怎会毫无察觉？对此疑问，千代如此回答。怪人总是白日在仓房睡觉，日落后才外出，归来时也已入夜。这一带人家较少，并且大多入夜便关门，所以才至今无人察觉吧。怪人昨夜也是日落后外出，天亮前才回来，早饭吃了一尾小舵鲣，将鱼骨丢在院子里便回仓房睡觉了。

半七立刻让千代领他进入音羽家，却未能在仓房里找到生啖鲜鱼的男人。女主人音羽也不见了。屋内箱柜的抽屉已被翻得乱七八糟。如此看来，他们怕是已带上值钱物什逃走了。

千代说木场的老爷今晚应该会来，半七便唤来幸次郎和另外两个小卒，在音羽留下的空屋里守株待兔。终于，傍晚六刻（傍晚六时）过后，那老爷带着两个人来了。

跟着他来的两人很快被制住，那四十岁上下的老爷却拔出匕首拼命抵抗。两个小卒受了轻伤，险些让那男人逃走，好在最后被半七和幸次郎追上，按倒在泥田里。

他们一伙全都是海盗。

音羽侍奉的老爷叫喜兵卫，明面上装成木场木料零趸铺的掌柜，实为盘踞在深川八幡宫前的海盗。另有六藏、重吉、纹次、铁藏等同伙，个个都伪装成正派商人的模样，暗地里则伙同手底下的船夫们在品川、佃岛一带海面放肆劫船，时而也会前往上总、房州一带海面袭击渡海的船只。音羽以前是木更津[1]的茶馆侍女，明知喜兵卫的行当依旧做了他的小妾。

至于那可疑的怪人，据喜兵卫交代，他是他们在房州外海上捡来的。去年十月，他们到房州海面干活，满载而归的途中，发现好像有一个酷似人影的东西正击浪追赶他们的船。由于辨不清是人、海狮还是海豚，众人借着月光仔细张望海面，发现那东西怎么看都是个人。会不会是传说中的人鱼？众人心下惊奇，放缓船速。过了一阵，那怪人游到了船边。喜兵卫壮着胆子将他拉上来。只见那怪人浑身湿透地在船边坐下，突然问他们要吃的。众人依言给了饭食，他毫不客气地吃了

---

[1] 木更津：现千叶县木更津市。江户时代属于上总国。

好几碗。他会说话也会吃饭，看来是个寻常人类。但他究竟是谁，又为何会漂浮在海面上？其中缘由尚未可知。即便问他，他的回答也模棱两可。他让众人带自己去江户。

可带着这样的人回去也无甚好处，喜兵卫便无情地将他扔回了海里。谁知他再度浮出海面，仍执着地追在船后头。他游得比多数的鱼还快，喜兵卫见状也隐隐犯怵。极为迷信的海盗们怕丢下这怪人离开会惹来祸端，于是再度将他拉上船，终究还是带回了江户。

到了金杉岸边，众人本想在此与怪人分别，可怪人执意纠缠，不肯离开，喜兵卫等人也无可奈何。他和众人同乘一艘船回来，或许已隐隐察觉一行人身上的秘密。众人本想杀了他，可被他那好似能看透人心的双眼一瞪，饶是胆大包天的海盗们也无法狠心下手了。由于手下的一个喽啰住在品川，喜兵卫便先将人安顿在了那里。怪人如酒鬼一般大肆酗酒，并且诡异地好吃生鱼。过了一阵，那人不知从哪里打听到消息，竟来到了深川的喜兵卫家。之后那怪异的身姿更是出现在了小梅的音羽家。有时因他怎么也不肯离去，音羽只好让他睡在仓房里。他在品川待了三个月却没有引起任何人的注意，大抵是因为他向来从隅田川出发，循大川游至海面，来回完全走水路。他也如游鱼一般，不论多冷的水都能面不改色地潜游其中。只是他怀中惯常揣着一把匕首，据本人说是为了防止在水中被鲨鱼袭击。

今年三月四日，喜兵卫带着四名同伴和音羽前往品川赶海拾潮，见到那怪人也在这一带游荡。众人心想来了个不讨喜的家伙，对他视而不见。谁知过了晌午，他便开始四处大喊"飓风来了，潮水来了"。接着正如他警告的一样，飓风乍起，拾潮人群爆发骚动，喜兵卫则惊诧不已。自那之后，他们每次出海干活都要带上那怪人。只要有他跟着，总能满载而归，众人对他的迷信便越发高涨。由于不知道他的名字，也不知是谁半开玩笑地叫了声"老师"，这便成了一伙人对他的通称。

与喜兵卫同时被捕的还有重吉、铁藏二人。根据他俩的供述，六藏和纹次也随即落网。他们手下的船夫也被一网打尽。唯有那个怪人和音羽依旧不知去向。半余月后，羽田的海面上浮起了一具女尸。那女尸正是音羽，其左腹被人刺了一刀。

"故事到此已基本讲完。如何？那怪人的真实身份……你可猜出来了？"半七老人说。

"猜不出来。"我歪头疑惑道。

"他呀，其实是上总国的流浪汉——海坊主万吉。"

"哦，那个爱吃生鱼的家伙……"

"没错。"半七老人微笑着说，"他出生于九十九里滨[1]，自幼水性了得，轻松游上二三里路也不觉痛苦，故而有了'海坊主'这个绰号。然

---

[1] 九十九里滨：今日本千叶县房总半岛东岸从刑部岬到太东崎的一个长约60公里的海滩。古称玉浦。别名矢指浦。

而这人的品性越发不端，最终在二十七八岁的年纪上被流放到了伊豆岛。他在岛上生活了十来年，再也无法忍受，开始谋划逃离孤岛，只是那附近甚少有船只路过。好在他擅长游泳，于是他便大胆地打算游泳渡海，并在一个无月之夜狠心跳入了海中。不管他多擅长游泳，也不可能一口气游至江户或上总、房州。故而在渡海途中，只要遇上船，管它是货船还是渔船，他都会直接跳上去索要吃食，让船家捎他一程，再跳回海中继续游泳。海中突然窜出个怪人，大多数人都会吓一跳，听从他的吩咐。如此兜兜转转，他到了房州……听说他原本是想回故乡上总的。"

"真是个可怕的家伙。"

"的确可怕。话说回来，他在房州海面上了喜兵卫的船，吃饭途中忽然改变主意，觉得冒冒失失回到故乡恐怕有危险，不如干脆让这艘船送自己去江户……之后的事便如喜兵卫所述。这家伙厚颜无耻，自然不会透露自己是孤岛逃犯，而是佯装疯癫隐瞒身份，厚着脸皮一路跟到了江户。

同行知门道，万吉很快就断定这船并不是艘普通的船，故而到达江户后也不肯离去。因为一旦离开他们，自己便衣食无着，死皮赖脸地跟着更加有利。而喜兵卫一伙也被拿捏着短处，无法拿他怎样，最终只好将他安顿在品川喽啰的住处，任他酒足饭饱，游手好闲。海盗碰上了这家伙也算是因果报应。不久，万吉越发嚣张，竟寻到了喜兵卫家中，又去了音羽家中。若只是去骗吃骗喝也罢了，谁知他竟强要了音羽。音羽自然不肯乖乖就范，可被这连老爷都另眼相看的怪人缠上，心下有些害怕，最终亦是只能屈服。然而此事又不能告诉喜兵卫，音羽不情不愿地沦为万吉的玩物。后来我们开始追查，将婢女千代带到了鱼虎。此举怕是让音羽嗅到了危机，于是她叫出藏身仓房的万吉，让他赶快逃走。万吉却抽出怀中常备的匕首，威胁音羽和他一起走。此时已无暇找老爷商量，音羽只好带上手头的值钱物什和钱两，不情不愿地被万吉生拉硬拽着私奔了。两人白天藏身附近的草丛中，夜晚逃到千住一带，在防潮堤的堤坝下挖洞生活。不久被人发现，两人又爬出来往神奈川方向逃窜。途中音羽想伺机逃跑，两人吵了起来。最终万吉拿出匕首，要了音羽的命。"

"那万吉之后如何了？"我问。

"他到了神奈川某町，因为没有钱两，打算卖掉音羽的衣物，如此便暴露了踪迹，在当地被捕。那时，他已将脸上的胡须刮得干干净净，头发也剃光了。他是孤岛逃犯，又杀了人，最终游街示众后斩首了。他生啖鲜鱼是因为自小生长于海边，后来又在孤岛上生活了十余年。我们深入追查下去，发现他并非真的爱吃生鱼，而是为了唬人而故意吃给人看。这一点约莫是真的。如此综合一看，他倒也不是什么怪人，只不过奇妙的是，在赶海拾潮那一日，他竟能预知飓风将要来临。据他所说，他是因长时间居住在岛上，每天望着大海和天空，自然而然就掌握了某种预知天气的本领。他说的究竟是真的，还是想惊扰他人却歪打正着，不得而知。听说万吉在牢里时曾预言'今日有雷雨'，结果当天傍晚果然雷声大作，有十六处遭了落雷。这传言在牢中一直流传到了明治时代。"

"看来您昨日赶海时，该先去听海坊主预报一下天气的。"我说。

"可不是嘛。可惜，昨儿没遇上那样的人。哈哈哈。"老人又笑了。

03

云游画师

一

"江户时代的密探究竟扮演了什么样的角色？"有一次，我如此问半七老人。

"正如你在戏剧、评书中所见的那样，他们可算是一种政事探子。"老人回答，"德川幕府往各大名领地派遣密探，此事以往可谓尽人皆知。但密探究竟是谁，又身负哪些任务，这些就没人清楚了。担任密探的都是吹上御庭番[1]，一生只需履行一次任务。

"至于为什么由御庭番担任此种任务，说法有很多。据说三代将军德川家光公某次在吹上御庭中

---

[1] 吹上御庭番：江户时代第八代将军德川吉宗设置的幕府官职。吹上御庭是将军居住的江户城中的花园，"御庭番"表面上是负责园内及周边安全的警备人员，实为将军直属的谍报人员。

散步时，曾传唤了御庭番中一个叫水野某某的，命他即刻前往萨摩藩[1]，暗中侦查鹿儿岛城中动静。由于是将军亲自下令，水野担心泄密，未曾回府，直接从江户城出发去了九州岛。水野假扮成造园师混入萨摩藩，往城内一棵铁树根部插入飞镖。这传说非常有名，但不知真假。总之，以此为开端，密探之职就都由吹上御庭番的人担任了。江户时代都是这么说的。御庭番由吹上奉行所的若年寄[2]管辖，按惯例，唯独密探是接受将军的直接命令，故而虽然御庭番并非要职，密探之职却极其重要。

"正因如此，生于密探之家的人随时可能接到自己的任务，故而他们须得随时做好准备。自然，他们不能以武士装束潜入外藩，因此平素就在盘算一旦接受任务，自己该乔装成什么身份。

---

[1] 萨摩藩：江户时代的藩，藩厅为鹿儿岛城（今日本九州地方鹿儿岛县鹿儿岛市），藩主为岛津家，领域大约为今鹿儿岛县全域以及宫崎县西南部，此外琉球王国（今冲绳县）也受其控制。

[2] 若年寄：江户幕府官职名，直属将军，次于老中，负责指挥、管理旗本和御家人。

手巧的就装成匠人，有技艺的就化为艺人，喜欢赌输赢的就装成赌徒，油嘴滑舌的就化为行商人，此外也有伪装成围棋手、俳谐诗人的，甚至有从小就琢磨这些，研究怎么打扮成梅川净琉璃[1]里演的那些朝圣者、旧货商、岁末歌人[2]的。还有，大约是当年的水野开了先例，密探接到任务的同时，会得到将军直接派发的经费，以此为盘缠。并且直接从江户城出发是惯例，不允许回自己家。

"幕府向诸大名领地派遣密探有各种各样的理由，不能一概而论，但每逢新大名继承家督时必定派出密探。这是为了提防大名家的内部纷争。刚才也说了，密探一生只执行一次任务，若能顺利完成，余生几乎就能玩乐度过。因此从表面上看，密探似乎是个很轻松的活计，实际上是要赌命的。不论哪个藩，一旦发现有密探潜入，必会诛杀之。而

---

[1] 梅川净琉璃：以净琉璃、歌舞伎剧《冥途飞脚》为原型创作的众多净琉璃的总称。

[2] 岁末歌人：一种在岁暮时挨家挨户奏乐进行乞讨的形式，一般为两三人一组，手持竹片边打拍子边唱"啊啊岁暮喽，过年喽，恭喜恭喜"等歌词，挨家挨户乞讨米、钱。

密探本就是暗中行事，故而幕府即便眼睁睁看着人被杀，也无法公然派人追查，因此最终还是只能任由他们死去。秘密任务的期限是一年，若过了三年还未回来，幕府就会认为密探已在任务地点被杀，随后命令其儿子或弟弟继任家督。然而，直接被杀还算幸运的，若被会来事的大名逮捕，他们还会讥讽一般将人送回江户。正因如此，按照成例，密探万一被活捉，不管遭受什么严刑拷打都不能自曝身份，否则本人死罪不说，还会惨遭灭门。正因有如此恐怖的规矩，密探一旦被抓，便只有三条路可选：闭上眼睛被折磨致死、自尽或是逃狱。因此，密探衣襟里必定缝有薄刃刀具。"

"原来如此，看来他们也不好过啊。"

"正因如此，身负密令之人在外经常遭遇诸多恐怖之事，亦有奇诡之事，虽然结局有悲有喜，但到底是冒死潜入，因此对他们本人来说是性命攸关的工作。对了，关于密探，还发生过这样一件事。此事在方才说的悲剧和喜剧当中也算离奇的。虽不是我亲身经历，就当是我学乖卖乖，讲一通旧话给你听吧。故事的开端，一个叫间宫铁次郎的人接到了密令。据说，他当时正逢二十五岁厄运之年。此外，我要先说明一点，这故事的舞台主要在奥州[1]一带，所以出场人物说的都是奥州方言，但真那样就成白石噺[2]扬屋[3]闹剧了，一个说不好反而闹笑话，所以我还是用江户话直接讲述吧。"

---

[1] 奥州：陆奥国的别称，日本古代令制国，领域大约为今福岛、宫城、岩手、青森四县，外加秋田县部分县域。

[2] 白石噺：净琉璃、歌舞伎剧《碁太平记白石噺》，安永九年（1780）江户外记座首演，是将公元1728年奥州农民的两个女儿为父报仇的真实事件与庆安四年（1651）的由井正雪之乱相融合，进行改编润色后创作的歌舞伎剧，最有名的片段即为第七段"新吉原扬屋"，至今仍在上演。该段中，奥州农民被杀后，小女儿信夫找到在新吉原当妓女的姐姐宫城野，用奥州方言告知姐姐父亲被杀始末。

[3] 扬屋：江户时代，客人用以召太夫、花魁等高级妓女作陪的店铺。江户时代将妓院全都集中至游郭后，妓女无法在町中工作，客人要眠花宿柳也只能前往游郭。但有些贵人忌惮直接进入妓院，于是"扬屋"应运而生。客人可以在扬屋中指名自己想要召来的妓女，商家再遵照客人要求着相应妓院外派妓女过来作陪。此外，扬屋只能指名太夫、花魁等高级妓女，一般妓女是不允许进入的。

文政四年（1821）五月十日清早，五刻（早上八时）刚过，七八个旅人平安通过奥州街道[1]的栗桥[2]关卡，一个接一个地前往房川（利根川）渡口，其中有一名年轻的云游画师。虽有好几艘渡船，但这一行人全都上了同一条船。渡船开帆，缓缓驶入辽阔的大河——据说，这条河的河滩加水面共有三百间（约 550 米）宽。行驶到河中心，此船与对岸出发的渡船交会。河面虽宽，但航线固定，故而交会的两船近得船舷几乎要挨到一起。船夫已习以为常，若无其事地撑着船竿。不料，今日水流比平时湍急，船只忽然倾斜摇晃起来，乱了彼此间的节奏，对面来船的船艏"咚"一下撞上了这边的船舷。

　　被撞的船只剧烈摇晃，两三名船客慌乱地站

---

　　[1] 奥州街道：江户时代主要的五街道之一，始于江户日本桥或江户城大手门，经千住到达奥州白河（今福岛县白河市）。

　　[2] 栗桥：栗桥宿，日光、奥州街道自江户日本桥起的第七个宿场町，亦有记述称它与利根川对岸的中田宿为合宿，即两宿合计一宿。

起身来。不等船夫警告危险，一名年轻的姑娘已经失去重心，后仰跌进了河中。众人大惊失色，惊叫出声之际，船夫已抛开船竿跳进了水中。那名云游画师也跟着跳了下去。姑娘眼看着就要被水冲向下游，万幸终于在离船七八间的地方被云游画师伸手抓住。他似乎水性颇佳，几乎将姑娘举上水面，平安游回了船。众人不禁发出欣喜的欢呼，姑娘的父亲及同行的男子更是合掌拜谢。船夫与众船客频频道歉，最后总算将船撑到了对岸。

姑娘并无大碍。当时已是五月，也不会冻坏身体。她在渡口小屋里换下浸湿的单衣，在父亲和同行男子的照顾下休息了一阵。云游画师见姑娘无恙，自己也换了身衣服，正打算离开时，老人说还未报尽他搭救爱女之恩，一再挽留。老人让女儿坐轿，几个男人则一起步行到附近的宿场，硬是邀请云游画师进入某家歇脚茶馆的内侧包间，再度郑重道谢，并叫了好酒好菜款待。

老人在奥州某城下町经营五谷铺千仓屋，名

叫传兵卫。老人说，自己多年来一直想要参拜金毗罗[1]，此次决心完成夙愿，便带着女儿阿元和男仆仪平从奥州长途跋涉去往四国琴平[2]，归途又去江户见识了一番，如今正在归乡途中。那个时代，若要带着脚力弱的女子和仆役从奥州一直走到四国，没有富裕的家境是万万做不到的。传兵卫虽说已六十岁了，但身材高大，双腮丰满，一看就是个健朗、和蔼的福相老人。

云游画师也透露了自己的目的地。他说，自己的夙愿是沿着芭蕉[3]《奥之细道》[4]中的游历路

---

[1] 金毗罗：佛教药师十二神将之一，主领夜叉，誓愿守护佛法之夜叉神王上首。同时也是今日本香川县仲多度郡琴平町金刀比罗宫的俗称，通称"赞岐金毗罗"。

[2] 琴平：今香川县琴平。

[3] 芭蕉：松尾芭蕉（1644—1694），江户时代前期著名俳谐师，将俳句形式推向顶峰，以俳谐连歌诗人著称，被后世称为"俳圣"。

[4]《奥之细道》：日本俳谐师松尾芭蕉所著的纪行书，松尾芭蕉最有名的代表作，记录了松尾芭蕉与弟子河合曾良于元禄二年（1689）从江户出发，游历东北、北陆至大垣（岐阜县）为止的见闻与沿途有感而发撰写的俳句。

线，一路造访高馆[1]旧迹以及松岛、盐釜[2]的名胜，同时遍历奥州诸国，故而在三天前的傍晚从江户出发，慢慢悠悠地逛到了这里。

"那我真是碰上了个好旅伴。"传兵卫开心地说，"正如方才所说，我们结束了漫长的旅行，正打算回奥州故乡呢。虽然带着脚力弱的女儿，或许会给你添些麻烦，不过如今也算有缘，不如接下来一起走一程？"

"不，是我给你们添麻烦才对。不瞒您说，我是头一次去奥州，万事一无所知，心里也虚得很，若能与诸位一道，着实是我三生有幸。"

此事当下有了着落，自称山崎澹山的云游画师加入了传兵卫一行。说是旅伴，对方毕竟是自己女儿的救命恩人，传兵卫主仆绝不敢怠慢于他。

---

[1] 高馆：衣川馆的别称，推测位于今岩手县西盘井郡平泉町高馆，是源义经自尽之所，因此而闻名。

[2] 松岛、盐釜：今宫城县盐灶市松岛湾一带。

当晚，一行人宿在了小山宿场 [1]，住店及其他费用都由传兵卫负担。之后几日的旅途中，澹山一再谢绝传兵卫的好意，但后者坚决不肯答应。隔天晚上，一行人到达宇都宫 [2] 并逗留至翌日午后，传兵卫领着澹山参拜了二荒神社 [3]。之后的旅途中，几人每晚都宿在相当高档的旅店里，澹山十分轻松地进入了奥州路。

---

[1] 小山宿场：江户时代日光、奥州街道自日本桥起的第十二个宿场，今栃木县小山市的中心部分。

[2] 宇都宫：今栃木县宇都宫市。

[3] 二荒神社：宇都宫二荒山神社，位于今宇都宫市中心部的明神山山顶，主祭神为丰城入彦命，旧时下野国等级最高的神社。

二

　　据说，这年自正月起一直是艳阳天，江户附
近诸国饱受干旱之苦，但白河以北似乎未受影响，
五月末每日都是梅雨一般的阴雨天气。不过，云
游画师澹山不仅被连阴雨所困，还闭居在千仓屋
内院厢房中，看来暂时无法穿上草鞋远行了。

　　说到当时的云游画师，惯来是在旅途中沿途
卖画赚取路费四处旅行的。千仓屋传兵卫也知晓
这一点，因此途中一再劝澹山先在自家住下，等
攒下可观路费后再上路。澹山欣然接受传兵卫的
好意，如他所言借住于千仓屋。千仓屋的铺面比
澹山想象中还大，铺中有十余名伙计来回忙碌。
传兵卫的妻子已于七八年前去世，家中除家主传
兵卫外，只有嗣子传四郎与女儿阿元二人。传四
郎今年二十岁，独身，长得与父亲一样健壮，是

个沉默寡言的男子。阿元比哥哥小两岁，今年十八，肤如凝脂，五官清丽，是这一带出挑的美人。回乡一路与她朝夕相处的澹山知道，阿元是个温顺老实的姑娘，甚至有些迟钝。

听闻澹山救了自己妹妹，兄长传四郎也欣喜地迎接年轻的云游画师。他冷静地表达了与父亲同样的意思，劝澹山留下来。如此，在这一家人的款待之下，澹山也十分喜悦，将自己借住的别栋厢房作为画室，在此闲适地展开画绢和宣纸作画。而传兵卫请澹山画了许多自家用的屏风和挂轴不说，更是到处为澹山介绍熟人，让他每日都有活干。澹山每日忙得不可开交，六、七、八月就在一片忙碌中不知不觉过去，眼下已是九月中旬，这一带已开始下雪了。

这三月间并未发生什么值得记录的事。除了澹山为众主顾作画，收了不少酬金，钱袋甚为充盈，以及与千仓屋的女儿阿元愈加亲厚之外，并未有什么事情发生。然而，年轻的云游画师似对阿元颇为烦恼——她对待澹山的态度已然超越了对待恩人的殷勤。如今，澹山早晚起居的各项事宜已不假仆役之手，而是全由阿元包办。澹山内心对这种超过限度的亲密感到担心而又害怕，但他似乎也有什么无法即刻启程的缘由，只能忍着烦扰，继续窝在千仓屋内院。

"先生，您应当觉得很冷清吧。"

阿元端着一个盛满烤茅栗的托盘，在座灯前露出白皙的脸颊。这段日子奥州夜寒，已听不见蛐蛐的叫声。院子里的银杏叶在黑暗中沙沙飘落，时常让人以为骤雨突至。姑娘从架子上取下茶具，开始准备泡茶。

"哪里。每晚都是如此，您不必费心。"澹山搁下正在写日记的笔，回头道，"令尊如何了？今日一日都未见到他……"

"父亲中午出门还未回来，今夜约莫会晚归。"

传兵卫爱下围棋，偶尔会与人手谈至半夜归来，这澹山也是知道的，故而并未起疑。

"那令兄……"

"阿兄也与父亲一起出去了。"

阿元给澹山沏了杯茶，又开始剥茅栗。澹山望着她葱白的手指，缓缓问道：

"管事家的公子后来没有催促？"

"是。"

"总也画不满意，拖了这么久，着实过意不去。"澹山挠着鬓角说，"那位身份显赫，我本想好好施展一番，谁知反而笔触僵硬，实在伤脑筋。千之丞公子想必非常恼火。我担心他会迁怒于当初向他举荐我的令尊……"

"哪里，没有这样的事。"阿元注视着对方的脸，说道，"那种人要的画，最好永远画不成。"

经传兵卫推荐，本藩管事荒木赖母之子千之丞前阵子来访千仓屋，委托澹山绘制西王母像大挂轴。由于澹山下笔艰难，五六日前，千之丞曾来催促。但澹山也隐约察觉，除了催促以外，似乎还有别的原因令阿元厌恶千之丞。

"正如我多次所说，对方不是一般人，我也不能随意应付。"澹山依旧正色说道，"然而画不出来也无可奈何，唉，只能一再重画，耐心尝试，直至画出自己满意的作品为止了。还请您帮我向令尊说说情，拜托了。"

阿元微笑点头。座灯的灯光照亮一方，将男子和女子的影子投在纸拉门上，黑黑的人影摇曳着，即便不是《枕草子》[1] 的作者，想必也会将其列为憎恶之物。[2] 院子里又传来银杏簌簌坠落的声响。

"听说千之丞公子的伯父在先藩主大人亡故后切腹追随主公而去了，这可是真的？"澹山心血来潮似的忽然问道。

"虽不知事实究竟如何，但我听说是假的。"

---

[1]《枕草子》：日本平安时代中期宫廷女官清少纳言所著随笔，内容主要是对日常生活的观察和随想。取材范围极广，包含四季、自然景象、草木和一些身边琐事，也记述了她在宫中所见的节会、所见到的男女之情，以及生活的感触、个人的品味好恶等。《枕草子》开创了日本随笔文学先河，与同时代紫式部所著的《源氏物语》并称为平安时代文学双璧。

[2]《枕草子》中，作者清少纳言将"在车帘上映出的影子，独自摆出威势"视为讨厌的事。清少纳言描述的讨厌场景与此境相符。

阿元毫不犹豫地说，"先藩主大人的葬礼刚过，源太夫大人便紧跟着去世了。世间传他是切腹殉死，据说其实是千之丞公子的父母亲戚纠集起来逼迫他自裁的。"

"哦，被迫自裁……"澹山皱起眉头，"我也时常听闻这等武家之事，众人软禁失了众心之人，逼迫其切腹。想想都觉得恐怖。不过，源太夫大人身为一藩管事，地位甚高，不可能无缘无故就被迫切腹。这其中恐怕有什么更深层的缘由吧……"

"大抵如此。"

"我听人说，少主忠作大人其实也非病故，此中另有蹊跷。莫非这也是假的？"澹山又问。

"此事也不知详情。"

阿元并不愚笨，即便是在相处融洽的男人面前，对于领主家的事，她也是不敢妄议的。澹山见状也没有刨根问底，就此噤声了。管事之死、少主之死，这两个问题就此散去，话题转到即将到来的冬季，而且只有本就话少的阿元有一句没一句地在说，引不起澹山的兴趣。不仅如此，今夜已过了五刻（晚上八时），阿元还是静静坐着不肯动弹，澹山又开始犯难了。

"阿元姑娘，眼下已是五刻半了，不如你早些回去歇息吧？"

"是。"阿元应了一声，却迟迟不肯起身。

"赶紧回去睡吧。"澹山温声说道，但口吻严肃了些。

"是。"

阿元仍旧赖坐原地。接着，生性寡言的她终于支支吾吾地开口："请问，如我这般笨拙之人，是否也能学画？"

"什么人都能学画。"澹山微笑着回答。

"既然如此，可否请您收我为弟子，今后教我绘画？"

澹山有些迟疑。若只是良家姑娘学绘画解解闷，笨不笨拙都不是什么大问题。澹山担忧的是她今后以学画为借口，更加亲近自己。然而眼下这情况，澹山也寻不到适当的理由拒绝，最后只能答应下来。阿元这才起身。

"那么，请您务必收我为弟子。"

她收拾好茶具，亲手铺好澹山的被褥，恭敬道别后才离开。澹山目送她离去的背影，深深叹了口气。

云游画师山崎澹山的真实身份便是吹上御庭番间宫铁次郎，这一点想必无须多言。他是奉将军之命来到奥州，目的是调查本地藩主嫡子骤亡一事。该地领主久病三年后，终于在去年秋季去世了。他逝去的两个月前，嫡子忠作突发急病骤亡，于是他上报幕府，请求立次子忠之助为世子。嫡子死亡后由次子袭爵，此事并不稀奇，甚至该说是正当的继位顺序，幕府自然应允。没过多久，藩主便薨去了。治丧完毕后，其中一名叫贝则源太夫的管事也死了。外面的风声有说他是违抗律法被处死的，有说是被人毒害的，也有说是被迫切腹的。

如此境况之下，藩主嫡子急病骤亡一事也显得可疑起来。或许是有人见藩主时日无多，于是毒杀嫡子，企图扶持次子上位。其中一名管事反对，结果被寻了口实收拾掉了。大名家换代时，内部总会发生此类骚动，因此幕府也不得不加以刺探。

即便不是如此，大名换代，幕府派出密探也是那个时代的惯例。而此次藩主家中还有了内斗嫌疑，这更是增加了密探的压力。接下任务的铁次郎精通绘画。他便利用这点，化身云游画师前往奥州，不承想中途渡房川时偶然救了阿元。他便以此为契机与千仓屋传兵卫相熟。让他暗喜的是，千仓屋竟然就在他要潜入的城下町。这对铁次郎来说再方便不过，他也便开心地应下传兵卫的挽留，成了千仓屋的客人。在此逗留三个多月后，城内管事荒木赖母之子千之丞在传兵卫的引荐下，委托他画挂轴。

结交城内熟人是澹山最渴望的事，他心中越发欣喜地应下委托，可画出来的画总是不如意，这令他的内心十分痛苦。一旦给对方留下水平不济的印象，自己就会失去接近城内其他人的机会，所以他也想发挥自己的最高水准作画。再者，万一自己的密探身份暴露了，到时若传出笑柄，说江户的武士竟留下了如此拙劣的一幅画，自己岂不羞愧终身？故而，他铆足了劲用心作画，可心里越是急躁，笔头越是僵硬，迟迟画不出一幅自信之作。他有时会想：我并不是真正的画师，而是武士，绘画只是当下的权宜之计，只消灵巧地涂抹出一幅不错的画，糊弄外行人的眼睛便罢，乡巴佬武士能懂些什么？但他还是无法说服自己。现在的他已然忘记了江户武士间宫铁次郎之名，而是作为艺术家山崎澹山在烦恼纠结。

然而在这期间，千仓屋的女儿纠缠不休，甚至要求澹山收她为弟子。澹山无法冷酷地一把推开她，甚至想干脆逃离这里，寻一个幽静的地方隐匿起来，随心所欲地作画。但他显然不可能因小失大，只得痛苦地叹息一声。

意识到寺院敲响了四刻（晚上十时）的钟声，澹山准备就寝。谨慎的他在睡前必会在院中巡视一遍，于是今晚也悄悄打开外廊的挡雨滑门，换上木屐来到院中大银杏树下。当夜幽暗，不见半点星光，早早入睡的町中已寂静无声。宽广庭院的四周立着木槿树篱，外头隔着旱田，田地对面应该有三两小户连成一片，但今夜却不见灯光，横亘其后的小高丘和森林更是隐没在了无垠的黑暗中。

澹山竖起耳朵仔细倾听，连落叶声都不放过，最终打算回房时，忽然发现对面田间路上隐约浮现出一抹鬼火般的灯笼光亮。澹山暗忖约莫是有香客夜间参拜山丘上的辩天堂，他盯着那灯光瞧了一阵，结果灯光越靠越近。提着灯笼的几人打树篱外边经过，澹山隔着树篱清晰地认出，光亮中的人影正是千仓屋的主人传兵卫和他的儿子传四郎。

"看来他没去下围棋，兴许是带着儿子去夜间参拜了？"澹山歪头思忖道。

他回到屋内，吹灭座灯，钻入自己的衾被。不一会儿，主屋方向传来脚步声，似有人正悄悄往这边来。

三

澹山探手摸出藏在被褥下的匕首，将自己的耳朵贴在被褥上，假装熟睡，只听那脚步声停在了纸拉门外。他本怀疑是阿元执念太盛，半夜摸了过来，但那足音好似比女子有力。

"先生，"外头的人低声唤道，"您睡了吗？"

澹山听出是传兵卫的声音，立刻答道："不，还醒着。可是家主老爷？"

"正是。恕我打搅了。"

熟悉自家房间的传兵卫摸黑进来。澹山起身点燃了座灯。

"半夜打扰还请见谅，请问，荒木大人托付的挂轴还未画完吗？"传兵卫坐好问道。

澹山对自己的一再拖延致歉。传兵卫听罢沉吟片刻，最终小声说道："先生，虽然在您还未完成前项委托之时再度提出请求，我心中着实过意不去，但眼下有另一桩急事想请您帮忙……"

"原来如此。请问是何事……"

"您肯答应？"

"自然，只要我能做到……"澹山爽快应道。

"感激不尽。"传兵卫满意地点头道，"那么，可否劳烦您立刻跟我走一趟？不远，就在附近。"

澹山虽纳闷对方要带自己去哪儿，却还是乖乖起身换了衣裳，并暗暗将匕首揣在了怀里。待澹山做好出行准备，传兵卫带着他穿过院口的木栅门，往外走去。此番没有提灯笼，两人顺着昏暗的道路往前走。传兵卫始终不发一语。

澹山边走边想，莫非自己是江户密探的事暴露了？会不会是城内之人吩咐传兵卫，将自己引诱出去趁夜杀害？澹山在黑暗中依旧警惕地注意身前身后，不敢大意。传兵卫似在沿着方才归来的田间路往回走，走到道路尽头后又开始攀登山丘。山丘上繁茂的杂木林遮天蔽日，即使在白天也显得黑黢黢的。澹山知道，树林深处有个小水

102

池，池边就是古旧的辩天堂。

这里虽没有守堂人，但里头有供在佛前的长明灯。传兵卫向着灯光前进，来到水池旁，弯腰坐在了石块上。澹山也在树桩上坐下。

"辛苦了。夜这么深，很冷吧？"传兵卫这才开口道，"废话不多说，我想请您画的就是这个。"

传兵卫让澹山在原地等候，自己走进昏暗的辩天堂内，不一会儿恭恭敬敬捧出一根二尺[1]长的粗竹筒。他拿出一支似乎是从家里带出来的蜡烛，向长明灯借了火，一手挡着风，徐徐说道："您先看看这个。"

这是一个相当古旧的竹筒，大约经筒粗细，一头紧紧嵌着青铜盖。取下盖子，拿出筒内物什，只见一张古老的画纸上画着一幅女人的油画像，任谁都能看出此画是舶来品。澹山就着传兵卫手

---

[1] 二尺：日本旧时尺贯法下的"一尺"约为30.3厘米，二尺则约60厘米。

上蜡烛的朦胧灯光，紧盯着画像看了一阵，随即脸色大变。

"这是什么？"他缓缓问道。

"是辩才天神像。"

澹山心里自然明白这是假话。这古老画像上的女子，分明是切支丹信徒作为圣母顶礼膜拜的马利亚。若是四国、西国兴许还能见到，但在这奥州边境一个萧瑟的城下町里竟看见了这样的东西，澹山感到十分意外，交替打量着手上的油画和传兵卫的脸。

传兵卫也观察着澹山的脸，说："先生，如何？能否请您临摹此画？"

澹山沉默不语。传兵卫也默然等待回复。烛光在夜风中晃动，传兵卫的脸在忽明忽暗的光亮中似乎闪耀着庄严的光辉。澹山被某种威严击中，自然而然地感到头脑似乎越来越沉。

"我也明白您大抵不会答应。"最终，传兵卫轻声说道，"对于我们来说，这画像比性命更重要。这辩天堂也是我一力建造的。之前说带着女儿去参拜金毗罗，其实是去拜访四国、西国的信徒，礼拜了众多与这相似的珍贵画像。眼下我已将一切和盘托出，或许您会反扭我的胳膊，说我是信奉禁忌邪教的逆民。即便我被处刑，我也有众多隐匿的伙伴。若您贸然行事，兴许反害了自己。您的身份，我一清二楚。至今为止的百来日里，但凡我有一次不慎说漏了嘴，恕我直言，难说您现在还有没有命。您救了小女，有恩于我，加之我有意委托您这项不情之请，这才至今守口如瓶，此后也定不会声张，只要您……我这么说，您或许会觉得我自私自利，但还请您爽快地应允。"

濑山原本暗自揣测，传兵卫将自己带来此处是想趁夜袭击，结果猜错了不说，眼前还被摆上了一个意想不到的难题。濑山陷入必须绘制国法不容的切支丹宗门画像的窘境。身负密探重任的他无法断然拒绝。若只有传兵卫一人，或许可以斩杀之。可外头还有更多与他一样的信徒，若他们为了替传兵卫报仇而向城内之人告发自己的秘密，自己便会有性命之忧。虽则自离开江户之时起，澹山便已做好搏命的准备，但他不想在任务完成之前丧命。邪教一事若遭发觉，传兵卫便会没命。同样地，密探身份若败露，澹山也会没命。虽然双方都身怀性命攸关的秘密，但眼下是传兵卫占优，澹山已被逼至穷途末路。

能如此条理清晰地思考个中利害，其实已是后话了。在当时那一刹那，澹山更像是不知不觉地慑于对方的威压之下。

"你临摹此画做什么？"他强自镇定地问道。

"这点还望莫问。"传兵卫严肃地说，"我等自是要它有用，才会这般恳求于您。"

传兵卫在他信仰的神前果断发誓，只要澹山接受自己的请求，他们也必会保护澹山的安全，助他成功完成自己的机密任务。

四

　　那之后约一个月间，澹山声称身体抱恙，谢
绝与任何人见面，并且昼夜不肯踏出房门一步。
他闭居千仓屋别栋厢房之内，从早到晚对着画绢，
聚精会神地绘制不停。这期间，荒木千之丞三番
五次前来催画，都被传兵卫搪塞过去。及至十月
末，这一带早早下起了雪。

　　"先生，感激不尽。这份恩情，我当终生
难忘。"

　　澹山漂亮地绘完秘密画像交给传兵卫时，传
兵卫泪流满面地伏倒叩拜澹山，接着又将诸多秘
密文书交给澹山当作报酬。原来在这一个月间，
传兵卫动员其他信徒，斥巨资从各方面收集了众
多秘密资料。

　　如此，城内领主家中的小骚乱也已真相大白。

嫡子忠作并非遭人毒害，确实是因罹患天花而亡。不过藩中也的确发生了党派冲突。嫡子死后，有人企图趁机拥立庶长子，有人则主张让嫡次子继位。两派之间暗潮涌动，最终嫡系获胜，家老之一受命退隐，管事之一被逼切腹，另有数人遭受闭门思过、撤职等处分之后，这场内讧终于尘埃落定。

如此一来，澹山的任务已告完成，但拿着他人为自己收集来的情报返回江户未免太不负责任。澹山想以这些情报为基础，亲自调查一番，否则无法心安，是以决定在此地过年。千仓屋对待澹山越发恭敬殷勤。

到了十一月，下雪的日子愈来愈多，澹山想着把前阵子千之丞委托的画绘完，于是再度提起了画笔。奇怪的是，笔下西王母的脸总像马利亚的脸，连他自己也备感纳罕。无论重画几次，画绢上还是会栩栩如生地浮现出马利亚的脸，澹山甚至都怀疑自己在不知不觉中囿于切支丹的魔法中了。于是他决定，不管千之丞如何催促，短时间内他都不会再提笔。澹山每天都趁雪停间隙出门在城下町闲逛。传兵卫收集的情报给了他非常大的便利，调查顺利得出乎意料。澹山确认，这场小小的家族内乱背后的秘密与传兵卫的报告并无出入。他将情况详尽地记录在薄雁皮纸[1]上，缝进衣襟和腰带衬布中。

澹山绘制秘密画像时，阿元许是受了父亲的严令，很少接近澹山。待到画像绘成，她便又来乞求澹山履行那夜的约定，收她为弟子。万般无奈之下，澹山只好为她作了两三幅画帖。阿元练习得非常勤快，而且看似笨拙的她竟出人意料地进步神速，让师傅澹山也颇为惊讶。然而，不难想象，她的这种热情背后究竟潜藏着什么样的心思。澹山心生怜悯，心情也沉重起来。

江户的云游画师在奥州迎来开春，时节也

---

[1] 薄雁皮纸：以野生雁皮的树皮纤维抄造而成的日本纸。

进入二月，可这里的雪没有消融半分，每日依旧昏暗而寒冷。今夜也如落灰一般纷纷扬扬地下着细雪。

"今天真冷。"

阿元捧着点心盒子，如往常一般来到厢房。澹山已经过了嫌她啰唆和悯她可怜的阶段，此时再看她的脸时，竟觉得有些可怕。在见惯了喜欢卖弄小聪明的江户女子的澹山眼中，阿元虽有些呆愣愚钝，毕竟承袭了邪教的血脉。若被这执着的乡下姑娘盯上，或许自己终将沦为她的俘虏。澹山隐隐感到不安，尽其所能地回避她的接近。与此同时，阿元恐怕已知晓他的秘密，如今两人又是师徒关系，因此澹山无论如何也无法推开这阵子越发靠近的阿元。

"这一带的雪，一般要下到什么时候？"澹山将手炉推至阿元面前，问道。

"到下月初应该能停了。"阿元边沏茶边说，"再忍个十天半个月就好。等这里雪停了，江户的樱花应该已开得很好了吧。"

澹山十分怀念江户的春天。他去年五月离开江户，到如今已快一年了。澹山想，即便等雪一停就立即出发，恐怕也见不到今年上野和向岛的樱花了。

阿元就如听见了澹山的心声一般，又开口说道："等雪一停，您打算立即出发？"

澹山无法贸然回应，便含混答道：

"不，还不确定，或许还要在这叨扰一阵子，又或许会去松岛、盐釜方向见见世面。"

"当真？"阿元依旧狐疑地打量着对方的脸色，"松岛、盐釜我也曾去过一次，若先生想去，就由我来带路吧。"

澹山内心惊诧于她纠缠到底的执着心，嘴上却不动声色地回答："若事情真发展成那样，届时就有劳您了。您也知晓，我向来辨不清奥州的方向。"

忽然，外面传来什么东西轻叩院子滑门的声响。由于不像落雪声，两人顿住话头，不禁面面相觑。此时，那声音又响了起来。阿元率先起身来到外廊边，澹山则伸手拉过座灯。

"哪位？"阿元边拉开纸门边喊道。

外头没有任何回应，接着又听见敲打滑门的声响。阿元无奈，只好将滑门拉开一条细缝，探看雪色朦胧的院子。忽然，她"啊"地惊叫一声，跌跌撞撞冲回房间，半倒在澹山膝上，双臂张开，将他护在身后。澹山立刻吹灭手边座灯。几乎同时，一杆短枪自黑暗中袭来，刺穿了阿元的胸口。紧接着，半空中太刀挥舞带起的风斜掠过她的鬓角。

澹山此时已不在阿元背后，而是飞快地闪身后退，如蝙蝠一般贴在墙边，屏气敛息，定睛探看。一刀一枪在虚空中砍、刺，于昏暗的房间中挥舞了两三个来回。外头似有人听见了阿元的惊呼声，正从铺中赶来。凶徒被脚步声所惊，一刀一枪迅速消失在庭院中。澹山悄悄离开墙边，来到外廊竖起双耳，只听树篱外远远传来踏着冻雪而来的足音。

"先生，出什么事了？"

黑暗中传来阿元的兄长传四郎的声音。

"快拿火来……"澹山小声说道，"姑娘好像受伤了。"

传四郎沉默地回身，少顷带着三四名伙计举着烛台再度赶来，只见烛光照耀的房间内，座灯已然倾倒，茶碗和茶壶也已翻倒，纸门上还留有枪刺和刀劈的痕迹。一片狼藉中，传四郎一眼看见妹妹正浑身是血地倒在地上，不由得惊叫出声。

"阿妹！阿元……振作一些！"他将妹妹抱至膝头，大声喊道。

"先生……"阿元虚弱地唤道。

"我在这儿。"

澹山将脸伸至阿元眼前。阿元出神地凝望着澹山的脸。不一会儿，她的身体无力地滑落到兄长的膝头。待因略感风寒而早早就寝的传兵卫苏醒过来赶到现场时，阿元已经咽气。听澹山说完事情原委，他悲怆地望着女儿的遗容。半晌过后，他不知想了些什么，转头凝视着身后一排惊恐地瞪大眼睛的伙计，缓缓说道："我有话与先生说，传四郎留下，其他人都先回铺里吧。"

遣走众伙计后，传兵卫重新坐到澹山面前。那神情与那天他在辩天堂前请求澹山绘制马利亚画像时一模一样，莫名透着一股庄严的威压。

"先生，我曾在神前起誓，绝不将您的身份泄露给他人。今夜发生了这种事，想必您会认为我是背信之人，怨恨于我，但这里头委实另有内情。我认为，今夜的暗杀并非因为他们知晓了您的身份，而一定是管事荒木赖母之子千之丞干的好事。"

千之丞觊觎千仓屋的女儿已久。她虽出身商家，但也是大户人家之女。故而千之丞遣人前来议亲，想让阿元找个门当户对的人家认作养父母，再以此身份嫁给自己。然而千仓屋父女都不太情愿，亲事只得暂且搁置。他常以催促澹山作画为由来访铺中也是因为如此。这期间，也不知谁走漏了风声，千仓屋之女与云游画师异常亲密的流言传进了千之丞的耳朵。前阵子他来催促画轴时，也的确直接问过传兵卫，是否有意招那位云游画师为婿。千之丞是个暴脾气的年轻武士，一定是他嫉妒云游画师，企图置之于死地，这才教唆同样生性粗暴的年轻武士，闹出了今夜的这一片狼藉。恐怕他不是来杀江户密探澹山，而是来毁灭情敌澹山的。而阿元则为了护住澹山，牺牲了自己。传四郎也如此认为，断言必定是千之丞杀害了妹妹。

"父亲，此仇该当如何？"寡言少语的传四郎眼中燃烧着愤怒，逼问父亲道。

"此仇必定要报，即便他是家老也绝不放过。"传兵卫再度郑重说道，"先生，事到如今，往后难保闹出什么事端，暴露您的身份。既然您的任务已大抵完成，不如尽早出发，莫待雪停了。但是，在您越过本藩边界后，我想请您留在当地，直到从今日算起的第二十一日，也就是小女三七忌日结束。届时定有消息传入您耳中。"

接受诸多饯别赠金和土产后，澹山在阿元出殡后的第二天早晨自千仓屋出发。细雪纷纷扬扬地落在他的斗笠上，仿佛在纪念这个春季。传兵卫和传四郎送行至町口，两个千仓屋的年轻伙计兼做澹山的护卫，一路随行至藩领边界。

进入邻国领地后，澹山来到千仓屋指定的客栈脱下草鞋，决定在此逗留约定的三周。三月中旬，这一带的积雪在春日暖阳中渐渐消融时，邻国管事的年轻儿子遭人趁夜暗杀的风声传到了这里，澹山这才如释重负，第二日便出发了。

回归江户途中再渡房川时，他不禁思考，阿元在这里被自己救起究竟是幸运还是不幸。他面朝北方，暗暗为千仓屋的女儿祈祷冥福。

顺利完成任务归来的他不但受到组长的褒奖，亦得到了将军的器重，但他绝口不提切支丹之事，也不再执笔作画。

那之后，千仓屋不再有任何音讯。大约过了五年，当听说奥州某城下町中有十一名切支丹信徒受了磔刑时，他立即想起了传兵卫父子的名字。接着又想，阿元果真还是幸运的。秘密藏在辩天堂中的马利亚画像和他临摹的画像，之后也不知如何了，大抵是在某人的手中化为灰烬了吧。

04

雷兽与蛇

一

八月初的一个清晨，我造访赤坂。半七老人在外廊铺了薄席子，正坐在上头看报纸。

狭小的庭院中还留有昨夜雨水的湿痕，眼前两盆白色、淡紫色与黄褐色交杂的牵牛花和另一盆还未抽叶的雁来红沾着雨水，显得生机勃勃，甚为美丽。

"昨夜雷打得好厉害。我知道你怕打雷才说的这话，昨夜有没有吓得缩成了一团？"半七老人笑道，"与往昔相比，如今都不太打雷啦。大约是因为东京周边逐渐开发了。往昔可是经常打雷。也不知怎的，几乎每天都要下阵雨，而且一定会轰隆隆打雷、咔啦啦闪电，对于怕打雷的人来说真是活受罪。此外，近来的阵雨也不比以往。近来的阵雨呀，眼瞅着天愈来愈黑，大多都是等大家都觉得要下了，留神了，雨才会落下来。从大雨将至到倾盆落下通常要酝酿大半个小时。往昔的阵雨大多不是这样，经常这会儿日头还热得像要着火，下一刻忽然就不知从哪儿涌出黑压压的乌云来，不等你'哎呀'一声反应过来，雨已经哗啦啦落下来了，而且下得那是大如倾盆，紧跟着就开始轰隆隆咔啦啦地打雷闪电，着实受不了。你正走路上呢，突然被打个措手不及，赶紧就近躲到屋檐下。你时常钻研戏剧小说，应该也知道吧？往往这一躲雨就躲出各种事情来了。哈哈哈——不过那种阵雨下得非常爽利。这会刚下起前面说的瓢泼大雨，很快又会停歇，然后又像原来那般出太阳，知了也都叫起来。现在的阵雨，下之前天气闷得难受，停也停得不痛快，所以就算下了雨也不会变凉快，或许是因为不打雷吧。"

老人似是觉得如今雷打得太少，心里有些不知足，又说这阵子的雷打得一点没有夏天的劲，希望偶尔能像昨晚那样打出气势，把我这个胆小鬼吓个好歹。如此开了话头后，老人说起了雷兽的传闻。

"大伙普遍认为，雷兽都栖息在日光[1]那一带山中，江户时代经常传出某个町中抓到了雷兽的流言。到了明治时代，有一次下谷落雷，那时也听说抓到了雷兽。我现在要讲的就是雷兽的故事。"

庆应元年（1865）六月十五夜晚，江户风雨大作，深川一带遭大潮袭击，附近村町也被倒灌的海水淹没，众多民众溺水而亡。不待此事风头过去，同月二十三夜里再度下起大雨。所幸这次没有伴随大风，而是雷声轰鸣，落在了江户市中几个地方。

其中，浅草三好町的雷落在了米铺尾张屋的仓房前，当场劈死了今年十九岁的姑娘阿朝。同样遭劈的还有一个名叫重吉的年轻男子。他一度气绝，后来在大夫的诊治下死里逃生。横死之人

---

[1] 日光：今枥木县日光市。

当中，遭雷劈死的人是不验尸的，故而阿朝的尸体于翌日傍晚送抵她家位于今户[1]的菩提寺，按惯例下葬。

当时，有人遭雷劈死的事件并不稀奇，这一点从仵作不会到场验尸就能看出。因此，此次事件只被当作不幸的姑娘意外身亡结案了。然而，关于尾张屋的落雷，后来传出了这样的流言：

"听说那雷落下的时候，有只巨大的雷兽在到处乱跑。"

那个时代的人们相信，落雷时，雷兽也会一并从天而降，抓破纸门、纸窗和柱子。见到雷兽的是一名叫阿关的婢女。她出身宇都宫乡村，听说从小就习惯日光附近的惊雷，故而不像别人那么怕雷。当然，落雷那一刹那，她也捂着耳朵趴伏在婢女房间中。仓房前骤然亮如白昼，她立即明白过来该是落雷了，于是率先赶到现场，第一眼就看见一只奇怪的野兽正在四处乱窜。野兽

---

[1] 今东京都台东区今户。

如闪电一般转瞬不见了踪影，只留下一男一女倒在现场不省人事。阿关失声大叫，引来了全家人。

虽然除了阿关，没人亲眼见过那只怪异野兽，但尾张屋的人都信了雷兽一事，街坊邻居也未曾起疑。雷兽的事传遍大街小巷，竟连町中差役也无人怀疑。雷兽的去向自然无从得知。

阿朝的二七忌日是七月初七，但因那晚正好是七夕，尾张屋主人喜左卫门便在忌日前夜，也就是初六夜晚，带着亲戚一同去了寺里扫墓。重吉也一起去了。他就是那名本该与阿朝同命却安然获救的幸运男子。祭拜完毕已是七刻过后，众人出寺之时，天色忽然阴沉下来，等众人走入町内，豆大的雨珠哗哗落下。众人刚逃进店里，突然一道粗粗的闪电划过，雷鸣随即响起。

"快关上滑门！"

喜左卫门吩咐众人关紧家中所有挡雨滑门。前阵子的那件事使尾张屋的人对雷的恐惧更上一层，于是全体出动关闭滑门、纸门纸窗，挂上蚊帐[1]，点燃线香。等毫无疏漏地做完全部防雷措施，雷雨愈演愈烈，甚至屡有强烈的闪电从紧闭的滑门缝隙间漏进室内，这让本就惊惶不定的众人越发恐慌。傍晚六刻，雨势越发大了。附近有两三处似乎落雷了。众人躲在自己房间内，缩在蚊帐中，皆张皇失措。

五刻（晚上八时）过后，雷雨终于停歇。众人总算松一口气，开始陆续拉开紧闭的滑门，结果又被一场飞来横祸所惊：重吉死在了前次落雷的同一座仓房前，脸和指尖都被挠得一塌糊涂。

看来，他也遭雷兽袭击了。这回雷电并未落到尾张屋，有人说兴许是落在附近的雷兽跑到这边来了。由于前阵子刚发生过这样的事，重吉的死也被归为雷兽所为。

三河町的半七接到小卒庄太的报告后，歪头疑惑道："这若是天灾，自然无可奈何。可天灾如

---

[1] 蚊帐：当时人们认为躲进蚊帐可以避雷。

此一而再再而三地袭击同一家，委实有些奇怪。那个重吉是什么人？"

"是主人的远亲，听说出生在日光一带，今年二十一岁，五六年前来尾张屋帮铺里做事，但身子骨有些孱弱，不太能干米铺那些力气活，据说眼下是半工半玩地混着呢。"

"尾张屋里除了老板和过世的女儿外，还有哪些人？"半七又问。

据庄太说，虽然左邻右舍都说尾张屋家底殷实，其实家里人丁稀薄。主母阿睦几年前去世，真正的家里人便只剩下主人喜左卫门和女儿阿朝，此外还有那位远房亲戚重吉、婢女阿关、两名捣米工和一名学徒，共计七人住在一起。小姐阿朝长相普通，也没传出过什么坏名声。但尾张屋只有这么一个女儿，如今失了唯一的继承人，喜左卫门自然极为伤心。谁承想，还不待决定是要从别处抱养子，还是扶持重吉为继承人，重吉又死了，真是祸不单行。

"尾张屋的亲戚中，有没有原本可能入赘为

婿的人？"半七又问。

"这……我就不知道了。"庄太挠头道。

"那你好好帮我查查。"

"是。"

庄太领了差事离开。

过了大约三日，庄太再度来访，说尾张屋的亲戚都没什么子嗣缘分，哪家都没有能过继出去的男孩。但他又报告，在本所松仓町 [1] 做生意的三河屋有两个女儿，或许会将妹妹过继给尾张屋。

"那三河屋是什么情况？"半七问。

庄太回答，三河屋家主夫妇健在，也是邻里评价很好的一家。而且三河屋家业比尾张屋大，原本是该让两姐妹各自招赘后分家的，不知最终会不会将妹妹过继给尾张屋。

"原来如此。"半七点头，"既然这样，就不用管三河屋了，即刻去将尾张屋那个叫阿关的女

---

[1] 松仓町：今东京都墨田区驹形三、四丁目，本所三、四丁目一带。

人抓来。"

"抓尾张屋的婢女？"

"嗯。那女的实在可疑。她今年几岁，是怎样的人？"

"阿关今年二十三，五年前入尾张屋做事，可是跟江户格格不入，怎么看都是个乡下佬。"

"阿关出身日光，重吉则是宇都宫，可谓同乡。女子二十三，男子二十一。好，我明白了。我也随你一起去。立刻去把那女人带到警备所来。"

二

　　尾张屋的阿关被传唤至町内警备所，接受了半七的审问。正如庄太所言，她一看就像个乡下人，虽有些微胖，但容貌并不算差，甚至因为肤色白皙，看着比二十三岁还年轻一些。虽说她平素就不爱说话，但眼下的她出奇地沉默，很难从她嘴巴里套出有用的线索来。

　　"六月二十三晚上，尾张屋的女儿遭遇雷击时，是你第一个发现的吧？"

　　"是。"

　　"那时，你当真看见雷兽在那里乱跑了？"

　　"是。"

　　"你是个女人，为何第一个赶到现场？"

　　"土仓房前陡然一亮，似是雷公降临，我担心会出什么岔子……"

"你赶过去后发现了什么？"

"阿朝小姐和重吉公子倒在了地上。"

"现场有没有掉落什么东西？"

"不曾注意。"

"地上有没有撒着老鼠药？"半七问。

"不，我不知道。"

"阿关，"半七稍稍软了语气说，"你觉得重吉怎么样？"

阿关不吭声。

"不觉得他讨喜吗？"半七微笑道，"你眼下攒了多少工钱？"

阿关依旧不吭声，在半七的催促下才小声答道："攒了五两有余。"

"五两啊，那你们回乡了也成不了夫妇。"

阿关依旧沉默，但半七看见她垂下的侧脸，鬓发正微微颤抖。

"喂，阿关，事到如今，不如坦白一切，请求上头宽大处理吧。你和重吉都是外乡人，又每天住在同一屋檐下，彼此合得来也谈得来，两个年轻人之间做下种种约定实属情有可原。可那男人见异思迁，不知何时竟抛下你与尾张屋的女儿眉来眼去，你一定很怨愤吧？我能理解。"

阿关依旧低着头。

"不过，有件事我不明白，希望你能告诉我。"半七说，"尾张屋的女儿为何要买老鼠药？她是想自尽，还是想殉情？喂，不要不吭声。这关系到你罪责的轻重，你要清清楚楚地告诉我。不管怎样，你是无法平安无事地回到主家了。别怪我啰唆，你还是老实招供，请求上面大发慈悲为好。"

"我当真无法回家了吗？"阿关抬起了苍白的脸。

"自然。你杀了重吉这男人，怎么可能全身而退呢？"

阿关伏在地上，号啕大哭。

雷兽事件就此解决。

诸事正如半七所料。重吉在与阿关约定结为夫妇后，又与尾张屋的阿朝卿卿我我。阿关得知后怒火滔天，闹着要杀了情敌阿朝，被重吉私下劝住。谁知在这当口上，阿朝似乎怀孕了，重吉越发进退两难。此秘密再度被阿关得知，她的怒火烧得更旺。先前的胡闹猝然招致惩罚，天真的阿朝哭问重吉该如何处置腹中的骨肉，阿关也在背地里激烈指责男子的薄情。

　　一边受阿朝哭诉，另一边又遭阿关指责，夹在中间吃尽了苦头的重吉走投无路，自暴自弃下，竟有些丧失理智地说服阿朝与他一起殉情。阿朝乖乖听从男人的指示，去附近药铺买了老鼠药。六月二十三早晨，约好当夜赴死的两人恍恍惚惚地等待长日西沉，谁知傍晚下起的雨迅速演变成了暴风骤雨。

　　对于急于求死的两个年轻人来说，这场暴风骤雨来得正好。女子率先前往约定地点，男子随后悄悄赴约。当时风雨大作，其他人对两人的行动毫无察觉，但阿关如影子一般跟在男子后头。她时时刻刻都监视着男子的行动，故而立刻尾随而去，发现阿朝与重吉正在仓房前私会。

阿关躲在阴影中偷窥二人。只见阿朝放下几乎熄灭的烛台，一口气吞下半包老鼠药，接着颤抖着要将剩下的药粉递给男子。阿关见状，慌忙想冲出去时，四周骤然明亮如火。阿关下意识地跪倒在地，两手捂住自己的耳朵，双目紧闭。

　　服下毒药的阿朝被雷劈中，而正打算服毒的重吉则昏倒在地。本来是偶发意外，天雷偏巧落在情死之地，杀了本就要毒发身亡的姑娘，却救了正要赴死的男子。阿关即便惊愕，也不想让这可憎的二人在身后留下殉情韵事，因为她连这都感到嫉妒。于是，她迅速藏起掉落地面的老鼠药包，喊来家中众人，报告了这起可怕的意外。

　　遭遇雷击的二人当时为何会出现在事发现场，这原本该是最先追查的问题，但由于要去后面的茅房就必须经过仓房，众人便都以为阿朝应当是在去茅厕途中遇难，重吉则是要去仓房取什么东西。

　　可憎的女人突然从世上消失，唯有男子幸存了下来，这对阿关来说简直再好不过。雷公可谓是她的守护神。然而她终究无法逃脱不幸的命运。阿朝之死引发了尾张屋的继承人问题，而重吉似乎是最有力的候补者。阿关得知此事，心中又开始担心。若重吉真成了尾张屋的继承人，恐怕不会娶自己这样一个婢女。即便重吉肯娶，喜左卫门碍于脸面，恐怕也不会答应。如此一想，她又不得不担心起来。

过了一阵子，过继一事似乎在稳步进行。阿朝二七忌日前一天，阿关去松仓町三河屋跑腿时也听见了类似传闻，于是她终于按捺不住了。扫墓当天，阿关趁主人和重吉前往今户的空当冥思苦想，最终打定了主意，等待重吉归来。

重吉一行人回来时又下起了雷雨。趁全家为雷雨所惊吓，缩在自己房中时，阿关将重吉带到仓房前。她逼迫重吉在确定继承人前与自己一同逃走，重吉不肯。不仅如此，他还说自己决定终身不娶，以慰藉阿朝在天之灵，还让阿关也断了对自己的念想。阿关气得发疯，指责男子变心，接着又威胁重吉，如果他不从，就将阿朝服毒的秘密告诉主人。男子依旧不为所动,对她说要告便告,就算要将他这个情死未遂之人处死,他也毫无怨言。

"既然你那么想死,我干脆杀了你!"

阿关勃然大怒,掐住了男人的喉咙。她出生于乡下,本就有点力气,孱弱的男人被她用力一掐,当场没了呼吸。阿关原本已打定主意,若男子无论如何也不肯答应,她就先杀了他再投河自尽,事到临头她却害怕了。她望着男子倒在眼前的尸体,正愣愣想着事时,雷声忽然炸响了一阵,看来附近也落了雷,大地摇晃震动。一瞬间,她像是想起了某事,用指甲挠伤了男子的脸和手指。

"阿关被判了死罪。"半七老人对我说,"若是现在,她或许还能酌情轻判,但在那个时代不行。若她是自首还好说,可她挠伤了男子的脸,将现场伪装成雷兽所为,自己则若无其事地继续生活,罪责自然加重。至于雷兽,据阿关供述,第一次时,她是真的看见了,第二次则是她从上次经历中得到启发，故意挠花了重吉的脸和手。杀人毁尸固然不对，可想想又觉得她可怜。我听说阿关终究还是被判了死刑时，心里也不是滋味。"

"可怜归可怜，但女人真是可怕呀。"

"确实可怕。你年纪轻，可万万要当心哪。哎呀，不管怎么说，那个阿关让人自然而然感到同情，但也有些人还未成年，胆子就肥上了天。我讲给你听，有这么个家伙……"

老人刚起了个头，又转而笑嘻嘻地看着我。

"你喝甜酒吗？"

"只在小时候喝过……"我也笑着说。

"那可是江户时代有名的夏季饮品。有人送了我甜酒浆，我让阿嬷去热一些[1]。咱们歇口气，你也陪我喝一杯。"

"我也许久没喝了，那就恭敬不如从命了。"

---

[1] 江户时代夏季喝的甜酒一般会加热并加入生姜饮用，并非做成凉饮。

三

饮了甜酒提起精神后，半七老人摇着团扇，又开始讲起一个故事。

"我记得那是文久三年（1863），大概是六月末的时候，新宿的新屋敷……这么说，现在的人或许不知道是哪儿。现在千驮谷[1]的一部分俗称新屋敷，往昔有新屋敷六轩町、黑锹町、仲町通等町名。那一片大约是在某个时代作为新的武家住宅町被开辟，于是就得名'新屋敷'了吧。那一带有众多大名别庄、旗本宅邸，以及一些小御家人的宅子，中间还夹杂着一些商户，而另一边则是大片大片的水田和旱田，宛如郊外，十分冷清。

---

[1] 千驮谷：今东京都涩谷区千驮谷。

"如我方才所说，六月末的一个傍晚，仲町通某座空宅的围墙外围满了人，因为他们在这儿看见了奇怪的东西：几十条蛇相互缠绕在一起，盘成一团，形成了一个大约一尺高的小蛇堆。当然，那一带蛇与青蛙并不罕见。若只是一两条蛇蜿蜒蠕动，谁都不会过多注意。但眼下是一大群蛇纠缠在一起，垒成一个小堆，委实奇怪。于是，先有一个路人驻足观察，接着又来一个。附近的武家和商家听说之后，来的人越来越多，不一会儿，蛇堆周围就聚集了二三十人。不过来者都只围着蛇堆远远看着，没人采取任何行动。

"'那蛇堆里面肯定有珠子。'

"有人说。往昔，众多蛇一圈一圈高高盘起的样子被称为'蛇甑'，传说里面藏了宝珠。因此，众人都说眼前的蛇堆里恐怕也藏了宝珠，但没人胆敢对蛇下手。虽然这些蛇一动不动，只跟睡着了似的相互纠缠在一起，但任谁来看都会觉得毛骨悚然。就算武家宅邸的仆役中，有些爱吃生蛇的野蛮之辈，但这可是高高的一堆蛇，他们也感到恶心，只是站在一旁观望。不久，夏季的日头西斜，天龙寺的六刻钟声传来时，一个小姑娘来了。

"小姑娘十四五岁，从穿着打扮一眼便可以看出来，她出身武家。她拨开众人，径直走向蛇堆。众人见状，不由得'啊'地惊叫出声。这也难怪，因为那小姑娘竟然撩起单衣右臂袖口，伸出瓷白的细腕猛地插进了蛇堆中央！她只有十四五岁！而且不仅是手掌，就连手肘部分都几乎没入其中。胆小的人光看着就寒毛直竖，不禁蒙住双眼。那小姑娘却若无其事地在蛇堆里摸索了一阵，然后取出了某个东西。原本屏息观望的众人一片哗然，凑近探看姑娘手中拿着的东西，发现竟是一束乌发，而且是年轻女孩的头发。众人再度惊叹出声。姑娘对此充耳不闻，拿着那束乌发不知去了哪里。

"众人大气也不敢出，站在原地默默望着姑娘离开的背影。在十四五岁的年纪上就敢探手入蛇堆，取出里头的东西后扬长而去。就算她是武家闺女，众人也惊叹于她的胆大，纷纷猜测她是谁家的姑娘，结果无人知晓。众人又问那束乌发是谁的，依旧无人知晓。就在众人议论纷纷之际，那些蛇竟在不知不觉中消失得无影无踪。众人见状又吃一惊，可那时天已暗了下来，无法追究原因。众人皆道那些蛇大约是爬进了水沟，抑或钻进空宅去了，于是看客们纷纷散去。然而，不知哪家的艺人以蛇、小姑娘、断发三个元素编织出了一则绝妙的三题落语，这故事当晚便迅速从新宿一路传到了青山 [1] 一带。

"'那姑娘到底是什么人？与那束乌发有何因缘？'

"故事传开以后，这传言又被添油加醋，有人甚至将流言蜚语说得头头是道，好似自己亲眼见过。那座空宅里原本住着一位年俸三百石的旗本，叫内藤右之助。大约两年前，他举家搬去了

---

[1] 青山：今东京都港区青山。

小石川的茗荷谷[1]，留下的空宅至今无人居住，门内一片荒芜，夏草一直蔓延到了玄关前……那个时候到处有这样的空宅，被大家传成鬼宅……此次的事件就发生在这空宅门前，于是各种流言传得更甚，竟有人到处宣扬此事与宅邸有关。町奉行所无法再放任自流，只好进行了调查，谁知此时又发生了一起案件。

"案件大概发生于次日夜晚，仲町通的空宅门前，一个姑娘恰好倒在当时蛇堆盘踞的地方，天亮以后被人发现，于是附近又是一片哗然。众人都说死者就是前天傍晚徒手探蛇堆的武家姑娘，于是骚动越发扩大。姑娘左胸与右侧腹被刀刃所刺，浑身是血地断了气。其实光这副死状就足以造成轰动，况且她死前又与蛇堆有牵扯，难怪大伙会觉得离奇。

"这么一来，此事越发不能置之不理，町奉

---

[1] 茗荷谷：原本位于今东京都文京区大冢町、小日向町一带，町名本身已不存，附近有茗荷谷地铁站。

行所也决定进行追查，而被委以重任的就是我。我带着小卒善八，立即去了新屋敷。虽然案件发生在大木门外，但由于案情有些离奇，町方特意选派我前去调查。职责之余，我对此事亦有几分兴趣，故而立刻前往。我先查访了附近街坊，打听到的案发经过与前述无异，而且眼下不知姑娘身份，也不知该把尸体移交给谁。"

头顶的风铃忽然叮叮当当响个不停，老人抬眼望向屋檐。

"哟，起风了，天色也变了，兴许又要像昨晚那样来一遭。哈哈，不要紧，这阵子鲜少打昨晚那样的雷了。别担心，若雷兽真跑了出来，我俩就抓了它赚一笔，哈哈哈——不过，还是移到里头去吧，兴许真会突降大雨。"

我也搭了把手，将坐垫和烟盘搬到了室内的草垫上。

四

"行了。"老人坐定，又开口讲述起来。

"我先去武家岗哨检查了停放在那边的姑娘的遗体，接着仔细一问，得知在蛇堆事件中，曾有人大意中被偷了钱夹或烟袋。如此，我大致有了底，只是还不清楚蛇和断发是怎么回事。蛇暂且不提，那束断发实在不知是做什么用的。我忽然灵光一闪，去找了这一带的捕蛇人。所谓蛇有蛇道[1] 说的正是这等事，哈哈哈——我让小卒善八跑遍了那一带，找到了住在新宿里巷中的捕蛇人九助。他是做捕捉蝮蛇买卖的，我们将他抓来一审问，他就直接招了。

"九助是捕蛇人，前面说过蛇有蛇道，所以他

---

[1] 蛇有蛇道：日本谚语，意为内行知门道。

143

知道那空宅里杂草丛生，这阵子栖息着不少蛇。那虽是空宅，但也是前后门紧闭的武家宅邸，他不能擅入，所以就想了个引蛇出洞的法子，拿着一束头发去了那座宅邸。虽不知真假，但传说蛇闻到女子头发被燃烧的气味就会凑过来，于是九助就开始在墙外燃烧头发，结果墙里的大蛇小蛇一条接一条地爬了出来。这正中九助下怀。可众多蝮蛇从墙下钻出，或是爬上围墙，没完没了地往外冒，身为捕蛇行家的九助也吓了一跳，不免心里发怵，于是丢下烧着的头发，一溜烟跑了。按照九助的说法，当时路面上密密麻麻的全是蛇，仿佛一条蛇身组成的河川。这应当是他极度害怕中看到的场景，难免有夸大之嫌，不能当真。

"所以，九助并不知晓后来发生的事。当路人发现情况时，现场的蛇虽然没那么多，数量也不可小觑。众蛇盘旋纠缠在头发周围，高高垒成一堆，大伙儿都看见了，应该不会有错。接下来就该调查那个小姑娘，以及杀害她的凶手了。这事没费多少时间，我们大约两天后就在涩谷抓了茂代和阿大两名年轻姑娘。被杀的姑娘叫阿德，凶手就是茂代和阿大。"

一阵风过后，风铃沉静下来。老人望着屋檐，自言自语般咕哝道："天又要热起来了。"

"确实像要变热了。"我也说。

"唉，这雨终究没下成……待会儿肯定会更闷热。真受不了。"

"那几个姑娘究竟是什么人？当真是武家女？"

"怎么可能，都是小商人或工匠的女儿。阿德虽打扮得像个十四五岁的小姑娘，其实已经十七了，另两人也与她差不多大。这几个人就是现在所谓的不良少女，没成年就离开了父母家。臭味相投的三个人凑到了一起，沆瀣一气，平素靠干些顺手牵羊、偷鸡摸狗的事情过活。她们原本在下町流窜，日子一久便愈来愈惹人注意，于是那阵子便打扮成武家姑娘的模样，专门在山手一带作案。话说回来，事发当日，三人一起经过新屋敷时，看见一大群人正因刚才说的蛇堆一事围在一处。三人也凑过去瞧了一会儿，然后阿大小声说了这样的话。

　　"'虽不知里面藏着什么珠子，但要把手伸进那堆蛇中，恐怕办不到。'

　　"'那有什么，小事一桩。'阿德满不在乎地笑着说。

　　"'你真能办到？'阿大和茂代又确认道。阿德坚持说一定能。于是两人嘴上较劲，说如果阿德真的把手伸进蛇堆里，就让她当三人组中的大姐头。阿德一听，当即走过去若无其事地将手伸进蛇堆中，抓出了那束头发。毫不知情的看客们自不必说，她的两个伙伴也无比诧异。由于她们是在众人不察的情况下分头离开的，因此没人注意到她们是三人团伙。据说，她们趁看客们的注意力都在蛇身上时，竟各自顺走了不少人的财物，这个精明劲真叫人吃惊。

　　"阿德中途将从蛇堆里取出的断发丢进了河里，又就着河水洗了手，接着转向两位同伴，要她们按照约定叫自己大姐头，可茂代和阿大都不愿意。阿德就指责她们说话不算话。三个不良少

146

女污言秽语互相叫骂了一阵，当晚暂且无事离开，第二天又因此事吵起来，阿德就说：'那你们也去抓蛇试试，你们再怎么不甘心也做不到！'结果另两人也犟上了，说试试就试试。三个人都是疯丫头，真受不了。当天晚上，三人又偷偷来到空宅门前，昨天那堆蛇自然已不见了，于是三人决定潜进院子，看见蛇就顺手抓起来。正当三人思索着该从哪里溜进去时，阿大趁阿德不备，用偷偷带着的匕首冷不丁刺进她胸部。茂代也似早已暗中与阿大商量好了，也拔出匕首，往阿德侧腹刺了一刀。阿德当即倒地。两人目睹阿德断气后，偷偷逃走。那一带是郊外冷清的武家町，时间又是半夜，因此无人察觉此事。

"两人对阿德其实没什么深仇大恨，杀她只是因为无论如何也不想徒手抓蛇，可又不甘心尊阿德为大姐头。就为了这小小的缘由，她们就对同伴动了杀意。几人都是妙龄少女，彼此间也并未有积怨。

"案情就是如此，追查起来并不算困难。山

手那边的人大概不认识她，其实我早就盯上了阿德，只是见她还是个年纪不大的小姑娘，本想放她一马，谁知竟闹出这么一桩大事来。正因如此，我在岗哨见到尸体时才一眼就认出了她的身份，于是立刻派人寻找她的同伙，顺利破案了。三人的藏身处是涩谷一个叫阿参婆的女人家。这老太婆是个坏坯，明面上经营一家粗点心铺，背地里却拉着这三个姑娘，帮她们销赃，趁机中饱私囊，最后事情败露，她也被抓了。那一带原本就有很多蛇栖息，出了这事后，那空宅就被人称作蛇宅，听说直到明治时代都无人居住。"

老人说完故事时，天色已渐渐转亮，骤风止息，不再吹拂，老人平素自夸通风极好的六叠房内也闷热得难受。低低的雷鸣声不时自远空传来，却未见有带来阵雨的迹象。

"这雨是下不成了，只有闷热而已。"老人皱起眉头，随即又笑了出来，"这下子，钱是赚不成喽。"

的确，那雷兽想必是不会冲进来了。

05

巷口的阿直

一

半七老人每次引我前去的那间横向六叠房间里，挂着一块非常气派但略显突兀的大匾额。匾额上用草书粗笔浓墨地写着"报恩额"三个大字，落款则是"嘉永庚戌七月山村菱秋书"，还写了"赠予半七老师"。我觉得甚为有趣，一直想问问这块匾额的来历，却总是聊着其他话题就忘了。某次我忽然想起此事，终于问出了口。半七老人听罢，用手中的烟管指着那块匾额，大声笑道：

"哈哈，你说这个？哈哈哈哈哈。怎么样？'半七老师'这个名号是不是很有意思？我可是个老师呢。这块匾额是一个叫山村小左卫门的人写给我的，他是神田的学塾夫子，号'菱秋'。"

"那'报恩额'又是怎么回事？是向您表达谢意吗？"我问。

"是的，总之是他用以表达感激之情的。这里面也有些缘由……那我就再跟往常一样，讲一段自己的旧日功勋给你听吧。"

嘉永三年（1850）七月初六初更，上天仿佛要为牛郎、织女二星欢庆佳节，因而天朗气清。按照惯例，七夕庆典需提前一日开始准备，因此是夜，家家户户的屋顶已都如往年一般细竹高悬，晚风轻轻拂过，竹枝头挂着的五色彩笺和诗笺便纷纷随风摇曳。昔日俳人所咏"五彩丝缀竹上花"诚不我欺。不过今年残暑太盛，故而今夜徒有秋景，却无秋意。由于无法早早入眠，家家户户的人都坐在店头长凳上纳凉闲聊，好不热闹。半七也爬上晾衣台，远眺着今夜似已"水波浩渺"的天河，忽听底下传来妻子阿仙的声音："喂，阿斋来了。"

"哦。"半七随意一应，并未放在心上，随即又听见了阿斋的声音。

"哥，你下来一会儿。我有事和你商量。"

"什么事？"

半七闻言拿着团扇从晾衣台上下来，阿斋似有些急切地迎了过去。

"我也不兜圈子，哥你也认识吧？甲州屋的阿直……"

"嗯，我认识。"

以前屡屡提过，半七的妹妹是教人弹唱常磐津节的师傅，与母亲一起住在神田明神下。母女住处的附近有一家名唤甲州屋的生药铺，阿直便是那家的女儿，平日在阿斋处学常磐津节，这半七也知道。

"那个阿直不知跑到哪儿去了。"阿斋悄声说道。

据阿斋说，阿直失踪了。小姑娘今年十三岁，也在学塾夫子山村小左卫门处习字。山村很早就住在离甲州屋三町（约 327 米）有余的地方，常年教授八九十甚至百余名学生，书法流派师从江户时代最为风行的沟口流 [1]。除了习字，他还教算

---

[1] 沟口流：日本书道御家流的一派，创始人为沟口庄司千谷。

盘，为人沉稳踏实，讲学也热情恳切，因此在家长之间口碑很好。但他管教学生甚为严厉，每天都有几名学生像《寺小屋》[1] 戏里的流口水顽童 [2] 一样手提水桶罚站。学生稍有懈怠就会引来一阵劈头盖脸的"雷公咆哮"，因此学生们都很怕他，称他为"雷公夫子"。

学生们平时用装订好的习字簿练字，偶尔也写在誊写书册上。正月的新春试笔和七月的七夕庆典是一年两度的书法大展。正月时会专门使用半纸誊写作品，并将学生的习作贴在教室门框的

---

[1]《寺小屋》：歌舞伎剧《菅原传授手习鉴》里第四幕中的一段，颇受喜爱，独立演出次数非常多。寺小屋：日本江户时代让平民百姓子弟接受教育的民间设施，也称为手习所或手习塾。

[2] 流口水顽童：歌舞伎剧中常登场的角色，由成年人扮演儿童，扮相通常流着口水或鼻涕，演绎出略显痴傻的滑稽效果。《寺小屋》中亦有此角色，常因捣蛋而被学塾夫子责罚，诸如身缚麻绳，手托点燃的线香或茶碗跪在桌案上。

横木上。年龄稍长的孩子也有写在唐纸[1]或白纸上的。七夕时则写在五色彩纸上，并挂上细竹枝头。此时所用的并非一般色纸，而是纸铺仅于七夕时节出售的长条诗笺形廉价薄纸。在这个时期，有些年岁稍长的孩子也会使用真正的色纸或诗笺习作。一到七月，孩子们都忙着练习书法，直至七夕前日，也就是初六，才会着手誊写正式习作。这书法大展也算一种学年考核，夫子会逐个审查学生作品并裁定成绩名次，因此孩子们心中都有些竞争心理。若得了好名次，家中父母也有面子。今日就是七夕书法大展的日子，甲州屋的阿直在红色诗笺上写了首和歌，但写得很差，狠挨了夫子小左卫门一通训斥。

阿直的书法成绩一向很好，可这次不知怎的，竟写得很差，诗笺也被挂在细竹的最下方。夫子习惯按名次悬挂色纸，头名作品悬于细竹顶梢随

———————

[1] 唐纸：一说是从中国传入的纸，一说是仿照中国纸制造的纸。日本平安时代曾作为装饰性很强的纸张用于书道、信件中。

风翻飞，接着按成绩从高到低顺次挂到底部竹枝。阿直见自己的诗笺被挂在底部，比年龄相仿的同窗们低了许多，本已兀自啜泣了好一会儿，后又遭夫子严厉训斥，终于大哭起来。师娘心下实在不忍，便劝慰了阿直一番让她先回家去，又不放心她一个人，就喊了附近一个叫阿力的姑娘作陪。不想阿直在半道上趁阿力不注意，竟抽身跑进巷子，就此不见了踪影。此事发生在今日午时，阿直至今未归。

阿斋是傍晚得知此事的，当时甲州屋派人来打听阿直是否来过，阿斋就顺着话打探了一下详情，这才知道阿直失踪了。由于发生了前述事件，阿斋也隐隐感到担忧，日落后又去甲州屋问了一趟，发现阿直仍未回家。阿直父母也忧心不已，四处遣人到亲友家打探女儿行踪，但各处都找不到她的行迹。

甲州屋说，阿直从未在下学途中私自跑去别处。谨慎起见，他们已将此事告知夫子小左卫门，师娘阿贞闻讯亦吃惊不小，急忙赶到甲州屋，可众人皆是徒感忧心而无计可施。时间一分一秒地过去了，众人心中也越发忐忑。阿斋觉得，此种情况恐怕只能找兄长帮忙了，便和众人说明自己的打算，接着于天河横亘的星幕下匆匆赶到神田三河町。

"哥，你说阿直究竟怎么了？"阿斋说完事情的来龙去脉，望着兄长问道。

"总之，甲州屋很着急吧？"

"终归还是怪学塾夫子训斥得太过严厉才会出这样的事吧。"半七的妻子阿仙插嘴说道。

"当然。"阿斋有些气愤地回答，"都怪雷公夫子嘴上不饶人。若是因阿直干了坏事才如此训诫，那另当别论，可她不过是七夕诗笺写差了，何至如此咄咄逼人？更别说阿直是个姑娘家，若一个劲责骂她，保不准会做出什么傻事。那雷公夫子真是不通世故，以为万事只须苛责一通便无事了……如此怎么教得好孩子？"

她毫不留情地数落着雷公夫子。之前也说过，小左卫门是个刻板木讷之人，平素非常不喜学生学习歌舞游艺。此事自然也传进了阿斋的耳朵里，让她对雷公夫子愈加反感。

"胆小的阿直定是因为在众人面前挨了臭骂，在同窗好友面前抬不起头，又怕回家继续受训，才可怜兮兮地躲出去了，说不定会跳井投河。若果真如此，那夫子岂不等于杀了学生？雷公夫子就是凶手！"阿斋带着泣音颤声骂道。

"安静些！"半七喝道，"眼下说这些没用，你先冷静一些，让我好好想想。甲州屋的女儿才十二三岁，应该没有情事纠纷吧？"

"当然。我可以保证她绝没有惹这种事。"

"那她族中也没闹矛盾吧？"

"应当没有。"

阿直双亲健在，有个哥哥叫藤太郎，铺子上有两个伙计、三个学徒，此外还有一个阿嬷叫阿广、一个婢女叫阿墨。家中铺面虽不华美，但买卖做得踏实，因此家境似乎颇为殷实，也未听说与亲族之间有什么摩擦。因此阿斋保证，此次阿直离家出走定然不是因为家中矛盾。

"原来如此。"半七再次沉吟，"但也不能只听你的一面之词，总之先去甲州屋看看吧。"

　　"嗯，那你快跟我来。"

　　阿斋催着哥哥出了门。虽说夏季暑热，但随着旧历七月的夜晚渐深，有类似夜露的湿气笼上了屋顶的细竹。

二

　　半七赶到甲州屋见过阿直双亲，除了当初阿斋带给他的信息外，未能获取新的情报。众人的想法都与阿斋一样，认为小姑娘胆小，因诗笺写得不好，受了夫子批评而不敢回家，这才跑去了别处。半七也不得不先顺着这条思路往下想。

　　甲州屋在越谷一带有亲戚，阿直曾跟随母亲去过一次。考虑到万一阿直去了那儿，家中便决定让长子藤太郎翌日一大早带人前去探问。这对于甲州屋来说也算一线微弱的希望。女儿离家出走一事，甲州屋自然已通知町中差役，也派人去两国、永代等沿河一带知会了守桥人，请他们多加注意。甲州屋已尽了人事，半七暂时没有更好的建议，便保证自己明日就吩咐手下小卒多方寻找线索，然后于四刻（晚上十时）左右告辞。没想到，半七还未走出半町路，后面就有人上气不接下气地追了上来。

"喂，头儿，三河町的头儿！"

似乎是个女人的声音。半七寻思着到底是谁，停下脚步一看，发现是甲州屋的阿嬷阿广。只见她慌慌张张地低声说道："有件事，我想悄悄告诉头儿您……其实老爷和夫人不让我们外泄此事，可若不说，我心里又过意不去……思前想后，还是决定与您说说……"

阿广原是甲州屋雇来给阿直做乳母的，后来阿直长大，她便一直留在甲州屋侍奉，大家都管她叫阿嬷。阿广四十岁左右，块头很大，素来憨厚实诚、踏实肯干。

"是什么事？"半七压低声音问。

"我可以说吗？"

"什么都好，说来听听吧。"

"那我只能私下跟您说说……"

就这样，阿广开始低声诉说。她认为今日陪阿直一起回家的阿力十分可疑。阿力家是邻町的陶瓷铺仓田屋，素来与甲州屋交好。仓田屋的老板娘爱慕虚荣，脾气乖僻，阿广却觉得她心术不正。仓田屋有两个女儿，姐姐阿纹今年十八，妹妹阿力与阿直同年，今年十三。本来双方父母曾说让姐姐阿纹与阿直的哥哥藤太郎结亲，但并未正式订下婚约，暂且搁置了。哪知后来甲州屋转而决定迎娶京桥一位同行的女儿，婚期已定在今年九月。消息传到仓田屋耳中，仓田屋一家自然大发雷霆。碍于两家之间没有正式婚约，仓田屋无法光明正大地登门讨说法，但内心恐怕对甲州屋多有怨气。特别是性子乖僻的仓田屋老板娘，听出入她家的梳头女师傅说，老板娘心里很是咽不下这口气，常言两家平日亲密无间，怎料甲州屋却在婚事上如此作践仓田屋。事实上，前些天阿广去仓田屋买东西时，老板娘亦曾话中带刺地挖苦过她一番。这般考虑下来，此事会不会是仓田屋怀恨在心，想通过藤太郎的妹妹阿直报复甲州屋？

"嗯，此事我倒是头一回听说。"半七颔首道，

"不过，只有这些说辞，没有别的证据？"

"仓田屋好像还对阿直怀恨在心。"阿广又说。

"阿直常找阿力玩，与她姐姐阿纹也相熟。仓田屋那边似乎觉得，我们不肯迎娶阿纹是因为阿直在爹娘和兄长面前编派他们。其实阿纹与她母亲很像，爱慕虚荣，多嘴多舌，性子又野，街坊邻里没有夸她的。说到底，甲州屋放弃这门亲事也是因为这个。可他们到底要维护自家女儿，竟全然无视她的缺点，反倒认定是平日常去他们家玩耍的阿直回家后说他们坏话。仓田屋老板娘性格乖戾，难怪她作如此想。他们自己不好，反而一个劲怨别人，甚至怀疑无辜的阿直，万一今天的事真是他们做的，我无论如何都不能袖手旁观。不管老爷和夫人说什么，我都无法保持沉默。头儿，您说是不是？"

半七暗忖，这恐怕不是阿广一个人的想法，而是甲州屋的两位家长也暗中怀疑仓田屋，可又不能随意说出口，这才授意阿广追上自己，装作是阿广一个人的主意，悄悄告诉自己。

"那个叫阿力的姑娘是个什么样的孩子？"

"与她阿娘、阿姐是一个模子里刻出来的，性子野，很好强，块头也大。她虽与阿直同年，面上看着似比她大了两岁。"

"原来如此，总之先去仓田屋瞧瞧吧。虽然这会子他们可能睡下了，但知道他们住哪儿也好。"

半七让阿广带路，转身跟着她去了。那家陶瓷铺在甲州屋邻町街角的第四家，铺面约三间到三间半宽，格局看着不差。铺子正门已经关上，但屋檐下搁着一张细长的马扎，一个年轻伙计正和小学徒坐着乘凉。隔壁的针线铺大门关了一半，铺前也站了两三个男人，正聊着什么。一阵阵清脆的虫鸣声在耳边回响，也不知道是从哪只笼子里传出来的。

阿广按照在来的路上与半七商量好的，走过去与仓田屋的年轻伙计打招呼。

"晚上好。这天儿可真热啊。"

"哟，晚上好。"年轻伙计起身招呼着，"阿嬷，阿直回家了吗？"

甲州屋曾于白天和入夜时分两次派人来打听，因此这边店里的人都晓得阿直离家出走一事。听闻阿直还未归家，年轻伙计担忧道："也不知她如何了？我家老板娘也担心得紧，说阿直与我们阿力一同回家，怎料路上竟出了那样的事，真是无颜面对甲州屋……"

"家里人都睡了？"阿广问。

"是啊。老板娘和阿纹从外头回来，刚睡下。我去叫醒她们？"

"不必，不至于。"

"阿嬷，您还在找人？"

"心里实在放心不下，我就和这位大哥一起，心里也没个去处，就在街上瞎转着找找。"

"辛苦您了，我能理解你们的心情。"

"劳你代我和大家问好。"

客套完毕，阿广便离开了，半七也沉默地跟着走了。夜色渐深，此事怕是无法在今晚解决，半七就在町内拐角处辞别了阿广。

回家途中，半七想了很多。小姑娘因为字没写好而遭夫子责骂，在亲友面前丢了颜面而躲藏起来，这样的例子世间未必没有。阿斋亦作此想。而阿广认为，是心术不善的母亲因女儿亲事遭拒而怀恨在心，为了复仇而拐走男方妹妹藏匿起来。这番密告虽过于臆测，但也不无可能。半七凭多年的办案经验，十分明白钻了牛角尖的女人内心有多可怖。阿斋的一番推断顺理成章，而阿广的想象虽略有些不自然，但考虑到世间多有不能以常法忖度之事，半七一时也拿不准该如何押注，只好攥着骰子回了神田家中。

三

初七的早晨天光大盛，一大早便很燥热，看来天河里的水汽也没有增长的迹象。长出五色纸林的众町屋顶之上，蔚蓝的天空闪闪发亮。

半七吃过早餐立刻就去了山村小左卫门家。今日是五节句之一，学塾休息。小左卫门也因阿直一事而备感痛心。他领着半七进入屋内，礼貌寒暄之后，半商议半恳求地询问半七是否有办法寻人。

小左卫门四十五六岁，人品很好，面对半七的关于此案的疑问，他如此答道："阿直和阿力都是九岁那年春天来我这儿习字的。我素来留意孩子们的品行。阿直看似温顺，其实性格倔强。阿力则跳脱如男子，为人稍有些傻气。这两人的感情似乎很好，每日相约一起上学。这次的事，甲州屋二老似乎认为是因我太过苛责阿直而起，这实在是个天大的误会。我管教学生非常严厉，大家好像都叫我雷公夫子，可我再怎么雷公咆哮，也不至于无缘无故打骂学生啊。"

原来，雷公夫子训斥阿直并非只因为她字写得不好。昨日早晨，阿直在学堂习字，忽然从她的袖子里掉出了两封信。夫子瞥眼一瞧，便质问她那是什么。阿直慌忙将信塞进怀里，一句话都不肯回。夫子就说自己不会拆封，只看看信封上落的款，可阿直坚持不肯。夫子再问那是谁写的信，阿直仍不答话。

阿直还是个十三岁的小丫头，那信应当不是情书之类，可她固执藏信的行为又让小左卫门感到一丝疑惑和担忧，于是他便吓唬阿直，说她今日若不交出信件便不准回家。阿直一听，哇地哭了。哭声传到里屋，把师娘阿贞引了出来。阿贞平素就觉得夫子管教太严，这会儿居中劝解，最终让夫子作罢。可阿直本就因字没写好而挨了训，此番又被吓唬一通，哭得停不下来。阿贞又哄又劝，让她和阿力一同回家。虽不知阿力昨天是怎么跟甲州屋说的，但事实情况就是如此，至于阿直固执藏匿的那两封信言及什么内容就不得而知了。小左卫门说，甲州屋不知内情，误以为自己苛责阿直，自己心下也十分为难。他说自己此刻正要拜访甲州屋，将事情告知阿直父母。

"我明白了。看来我之前对您多有误会。"半七微笑着说，"夫子，可否将此事交给我处理？我一定将之了结。"

"自然，此事应是我仰仗您……既然如此，我还要不要走一趟甲州屋？"小左卫门稍加思索道。

"还请您暂缓此行……"

"明白了。"

半七掌握了新的线索，辞别了雷公夫子。夫子并非会说谎的人，若他刚才所言是真，那阿斋的推断便是错的，阿广的想法就也有偏差。半七随即去了甲州屋，发现阿直仍旧不知所踪，铺上的人都沉着脸，阿广一整宿没合眼，眼珠子都凹陷了下去。

"你家少爷出发了吗？"半七先声问道。

"还没有。"在场的伙计回答。

"都这么晚了？"

"本打算六刻半（早上七时）出发，结果少爷清晨突然头疼，现在还在二楼歇着。他说约莫是睡觉时着了凉，今早就不出门了。"

"原来如此，真是不巧。我想去看看他，可否让我上二楼？"

"是。请稍等片刻。"

伙计上了二楼，少顷又回来说："屋里有些杂乱，还请见谅。"接着便领着半七上去了。

二楼有六叠和八叠两间房，藤太郎似乎本躺在临街的六叠房里，但半七上去时，他已经起身，端端正正地坐在了被褥上。藤太郎今年二十岁，个头较矮，此刻面色苍白，看起来的确像个病人。

"您早。"藤太郎双手点地，躬身道，"此番有劳您费心，诚惶诚恐。"

"听说您身子不舒服。"半七窥伺着他的脸

说，"脸色瞧着确实不太好，劳您起身迎我，不碍事吗？"

"瞧我这邋遢样子，给您看笑话了。我没什么大碍，不过是黎明时分突发头疼罢了……好巧不巧凑到这节骨眼儿上，真伤脑筋。"

半七问他是否看了大夫，藤太郎回答这点小病不至于劳动大夫，眼下服了铺子里的药。他又说，家中母亲听说芝那边有灵验的占卜师，一早便去了那边。父亲则去了日本桥那边的亲戚家商议事情。由于妹妹仍旧没有音讯，全家上下昨晚几乎没睡，乱作一团。

"如此，您是打算待身体好些就立刻启程去越谷？"

"是。总归要去一趟，也好消除疑虑。"

"一定要去？"

"是的。"

"劝你还是算了吧，只会徒增疲劳，白花路费罢了。"

"是吗？"藤太郎做思考状。

"别歪头疑惑了。既然要去，今早怎不立刻出发？"半七哂笑道，"何必装病窝在家中二楼无所事事？不如赶紧跳起来穿上草鞋，打点行装？"

"不，我绝不是装病……方才说了，我怕是睡觉时着了凉，大清早开始头疼……"

"你头疼怕是有别的原因吧？把仓田屋的大姑娘叫来照顾你如何？"

这话一出，藤太郎霎时脸色苍白。

"你一直借着你妹妹跟仓田屋家的女儿互递书信，没错吧？"半七连珠炮似的发问。

"仓田屋的大姑娘也同你一样，支使自己妹妹送信。两家妹妹是学塾同窗，再方便不过了。你妹妹昨日受雷公夫子训斥并非因为七夕诗笺写得不好，而是因为在学堂上不慎掉落书信。虽不知那信是来自男方还是女方，也不知是要给出去的还是刚收进来的，但终归与你和仓田屋大姑娘脱不了干系。说吧，事到如今还有什么可瞒的？你害得爹娘劳苦奔波，扰得家中鸡犬不宁，自己怎能若无其事地装病卧榻？不，我知道你在装病。你心下清楚去越谷根本没用，就借口头疼屁股痒的，一时敷衍搪塞而已。你脸色差不是因为病了，而是因为把精力花到别的事上。其实，我只要把那个有些傻气的仓田屋二姑娘拉出来吓唬吓唬审问一通就什么都明白了，但我不想那么做，这才坐在这里问你。你和仓田屋大姑娘至今是在哪里幽会的？肯定离这儿不远，你就先招了这一点吧。"

藤太郎双手搭着被褥，低头沉默了半晌，苍白的额头上，汗滴如断了线的珠子一般滚滚落下。

四

　　半七走出甲州屋，前往池之端。他在附近打听了一下梳头女师傅阿丰的家，很快便得知位置，正是窄巷后的第二家两层小楼。

　　到了地方，只见一个三十三四岁的女人在格子门内的厨房里，似乎正在凉凉今晚要供上佛龛的挂面。半七凑过去招呼一声，发现她正是这家主妇阿丰。半七问她是否有仓田屋的人来此。阿丰满眼不安地盯着半七瞧了一会儿，最后冷冰冰地回答没人来过。

　　"那甲州屋有人来过吗？"

　　"没有。"阿丰冷淡地回答。

　　"一个人都没来？"

　　"没来。"阿丰似有些不耐烦，"你是哪儿来的？"

"甲州屋。"

阿丰沉默地盯着半七。

半七咧嘴笑道："您不必担心，我是甲州屋的藤少爷派来的，也知道他经常来这里二楼与仓田屋的阿纹姑娘相会。不知您是否知晓，甲州屋的阿直昨日离家出走，至今不知所踪，她家正乱作一团呢。本来藤少爷是要亲自过来的，不巧身子有些不舒服，自今早起就卧床不起，这才派我过来。阿直自昨天起一次也没来过这里？"

"没有，一次都没见过。"

语气虽客气了许多，但她对这位受托而来的陌生男子似乎并未放下警惕。

"我说，大娘，那边墙壁上挂的是什么？"半七冷不防踮起脚，指着屋里问道。

上午残暑很盛，里屋门户大开。格子门内，门口台阶处新做的苇门虽然半关着，但隔着厨房和里屋的纸拉门被卸了下来，因而一眼就能望见约六叠的起居室。长火盆盖着炉盖，被推到房间一角，旁边放着个老旧衣柜，衣柜背后的灰墙上倒挂着两三把装在袋子中的团扇，似乎是从别处拿来的。

"你说那些团扇？"阿丰回望着屋内问道。

"不，我是问团扇旁边挂着的那个……那是什么？好像是习字簿。"

"是我家孩子的习字簿。"

"可否让我瞧瞧？"

"你要习字簿做什么？"

"你管我要做什么，反正有用，你赶紧拿过来。"半七有些粗暴地说，"你要是不肯，我就自己去拿。"

半七脱了草鞋打算进屋，阿丰连忙起身阻拦。

"我说你，擅闯别人家，到底想干什么？"

半七毫不客气地走进起居室，拿起挂在团扇边的一本誊写书册。

"刚才问你，你说这是你家孩子的习字簿，对吧？你这撒谎精。这家哪里有孩子？不是连一只猫崽都没有吗？我早跟邻居打听过了，这里只有一个六十好几的聋耳老太婆和你两个人住。再说了，这簿子封面上写得明明白白：庚戌、正月、直……这"直"是谁的名字？世上虽然有同名之人，既然在此发现了这习字簿，我就不会让你糊弄过去。甲州屋女儿的习字簿为何会挂在这里？你说！是怎么回事？！"

阿丰哑然呆立。半七一只手拿着习字簿，另一只手抓住了她的手腕。

"老太婆去哪儿了？"

"去附近买东西了。"阿丰低声嗫嚅。

"那你带我上二楼！"

半七拉着她登上狭窄的阶梯，发现二楼的四叠半房间里空无一人。谨慎起见，半七拉开壁橱看了看，又摇了摇老旧的衣筐。

"坐下。"半七再次抓起阿丰的手腕，将她拉到四叠半房间中央按着她坐下，"老实交代！我方才说自己是甲州屋差遣来的，其实我是在为官家办差。甲州屋的阿直昨天是否来过这里？"

习字簿摆在眼前，眼看已隐瞒不住，阿丰哆哆嗦嗦地坦白了。甲州屋的阿直确实来过这里。

昨日午时，阿丰从主顾家回来，半路遇见仓田屋的女儿和甲州屋的女儿一起朝这边过来。阿直哭个不停，阿力则好言安慰。二人都是自己老主顾家的女儿，阿丰无法视而不见，便过去问她们是不是吵架了，一问得知是阿直挨了夫子的骂。若阿直是因其他缘由挨骂，阿丰随便安抚一下也就走了，没料到阿直竟在学堂上不慎把阿纹借阿力转交的信件掉了出来，还被雷公夫子瞧见了。闻言，阿丰也不免吃了一惊。

甲州屋的儿子和仓田屋的大女儿之间正如半七所料，有着见不得光的关系。对于两人之事，两家父母不过是随口提过，没想到两个年轻人的关系更加深入。他们让上同一学塾的两个妹妹充当信使互通书信，梳头女师傅阿丰则出于利欲，将自家二楼借给阿纹和藤太郎使用，因此也掺和进了这件事。因此，一听密信被夫子发现，阿丰顿时沉了脸。对方可是那位有名的"雷公"，恐怕不会就此罢休，或许会将阿直私藏可疑信件一事告知甲州屋二老。如此一来，那两人的秘密必会暴露，居中助力的自己自然也逃不了干系。可以想见，届时自己不但会被两家父母追究，还会失去两位主顾。更有甚者，自己现住的池之端巷屋是甲州屋的房产，一旦事发，自己很可能被赶出去。再者，若此事传开，自己的信用会严重受损，到时可能又会失去几家主顾，甚至无法再立足于这块土地。阿丰左思右想，怎么也放不下心。

戳在大路上到底无济于事，阿丰暂且将阿力和阿直领回了自己家，将两个小姑娘的誊写书册挂在楼下墙上，带着两人上了二楼。阿丰琢磨着将阿纹和藤太郎也叫过来商量善后事宜，于是去了甲州屋，不巧的是，甲州屋的儿子正好出去了。仓田屋的大女儿倒是在铺里，阿丰悄悄把她叫出来耳语一阵，阿纹也吓了一跳，跟阿丰一起出了门。

阿纹在梳头女师傅家二楼见到了自家妹妹和阿直。她狠狠训斥阿直疏忽，气势汹汹，比雷公夫子有过之而无不及。阿丰见状又吃一惊，但她也知道这其实事出有因，阿纹此刻已急得有些昏了头。甲州屋不知这对年轻人的秘密，只是顺着某位媒人的话，决定无视与仓田屋的口头婚约，从别处为藤太郎迎娶妻子。甲州屋的懦弱儿子没有勇气公然反对，只能自己私下苦闷。这期间，亲事有条不紊地往前推进，甲州屋已然决定在近期下聘定亲。阿纹知晓此事后，坚决不肯罢休。她激烈地指责男方薄情，非要他给自己一个交代，男方却支支吾吾、含糊其词。阿纹又急又怨，整个人最近病恹恹的。

仓田屋二老得知此事，自然也是勃然大怒，他们尚不知自家女儿与藤太郎已经把生米做成了熟饭，每天私下里咒骂几句也便罢了。可这年轻女子胸中的怒火比眼下的酷暑还要盛，她的灵魂几乎要被怒火灼烧殆尽。她每天都写一封长信，让妹妹阿力带去学塾，经由阿直的手送到那个可恨的负心汉面前。因此，一听见满载自己恨意的长信竟因为阿直粗心而失手掉落，阿纹气不打一处来，几乎化身女鬼，吃人似的呵斥阿直，还说此番既能发生这种事，没准她以前的信也没能送到藤太郎手中。此番冲突在阿丰的居中劝解下暂时熄了火，可一方面藤太郎迟迟不出面，另一方面阿纹头脑也不太冷静。阿丰心心念念的善后之策始终无处下手，她也感到十分棘手，只好先安抚阿纹，让她先在这儿等着，自己再去找藤太郎，结果藤太郎依然没回家。阿丰心下怀疑藤太郎是故意躲着不出来，可也没法求证，只得无奈地回了家，没想到家里在自己外出期间出了大事。

阿纹姐妹和阿丰母亲脸色煞白地默然坐在二楼。阿丰见状一惊，问发生了什么事。原来，在她出门后，耿耿于怀的阿纹又开始对着阿直诉说自己对她兄长的怨怼，越说越气，最后竟说自己会被阿直的哥哥抛弃定是因为阿直背地里编派自己。听得此话，阿直自然不肯再保持沉默，倔强地否认。两人争执之间，阿纹气血上涌，突然揪住阿直的前襟，双手狠狠掐住了阿直的脖子，这十三岁的小姑娘很快便一命呜呼。阿丰听罢怔愣半晌，回神后仔细一看，果真不是虚言，阿直已然成为一具冰冷的死尸横在一旁。阿丰慌了，尽一切努力施救，喂她喝水，给她灌水天宫[1]的符水，搓她，摇她，可阿直就是不肯苏醒，阿丰也无计可施了。

事已至此，阿丰已无法凭自身的智慧和判断摆平此事，于是满头大汗地再次跑到仓田屋，叫出阿纹的母亲，低声交代了来龙去脉。阿纹母亲听罢大吃一惊，急匆匆地跟着跑去阿丰家，可终究无法让阿直死而复生。此事若见了光，阿纹毫无疑问就是凶手，因此无论如何都得处理得悄无声息。阿纹母亲与阿丰凑近额头密谋一番，便有了这么一出阿直离家出走的骗局。阿纹母亲仔细嘱咐二女儿阿力，要她告诉甲州屋，阿直是在回家途中突然不知所踪，正好当日阿直受了夫子训斥，阿纹母亲便以此为底本，作了一出大戏。

但阿直的尸体依旧需要处理，于是阿丰又与阿纹母亲商讨一番，随后去谷中找叔父石匠千吉。

---

[1] 水天宫：位于今日本桥蛎壳町的神社，江户时代以来，人们信奉其有安产、求子、艺能祈愿、被除水难等功效。

她说明事由，请千吉帮忙抛尸。千吉利欲熏心，答应了。他等到日落西山，租了一顶轿子，跟轿夫说要运送病人，如此悄悄将阿直送了出去。

本以为万事大吉，怎料阿丰忘了挂在墙上的誊写书册。阿力回家时只带走了自己的习字簿，阿直那本还挂在原处。由于当时事态慌乱，加之平时就不曾留意习字簿，阿丰直至今晨也没注意到那本习字簿，就此让半七抓到了无可辩驳的证据。

甲州屋的藤太郎对半七坦白了自己与阿纹的关系，也坦言两人常在梳头女师傅家中幽会，可他做梦也没想到那里二楼竟发生了那样的事，半七亦然。无论内情如何，出了人命就是一桩大案。半七想趁尸体被处理掉之前抓住石匠千吉，便让阿丰带路，急急赶往谷中。

"故事就到这里。"半七老人说，"阿直活下来了。"

"她复活了？"我问。

"是的。掐她的本就是个女人，她当时虽然气绝，可之后缓了过来。轿子摇摇晃晃，她坐在里面，自然而然就晃醒了。轿夫打一开始就只以为她是病了，所以没觉得什么，倒是千吉吓了一跳，只能暂且将她带回家中，再把轿夫打发走。死者复生本来值得庆幸，可千吉心肠太坏，觉得若让阿直活着回去，他就拿不到仓田屋的大量赏钱，于是便打起了坏主意，盘算着将她带去某地卖掉，如此便能再充盈一次自己的钱袋，可谓一举两得。于是他堵住阿直的嘴，将她藏进壁橱，打算对仓田屋谎称自己已将尸体埋至一个神不知鬼不觉的地方，拿到事前约好的赏钱，之后再时不时以此事为把柄敲诈一笔。往昔有许多似他这样的恶人。若我晚到一步，阿直恐怕会被某个人牙子带走，之后再想将她找回可就难了。万幸我及时找到了她。"

既然阿直已平安回家，甲州屋为保全颜面，便想压下一切，不对外声张。仓田屋也一直向甲州屋求情。其他涉案者姑且不论，唯独千吉，半七本不想轻易放过。可若将他押送官衙，其他涉案者便无法洗脱关系。无奈之下，半七只好放他一马。以此为契机，甲州屋竟迎娶了阿纹做儿媳。

自己的学生获救，夫子山村小左卫门特意登门拜访半七。他写下"报恩额"，聊表内心感激之情。这幅字经由甲州屋好生装裱，赠给了半七。

"这'半七老师'的由来便是如此。"

老人再次开怀大笑，我也不禁莞尔。

06

贤者的部屋

一

　　五月初，我去赤坂拜访半七老人时，他正站在格子门外，与卖稗苗盆栽[1]的小贩打趣。见我来了，他笑着对我微微颔首，然后拿着一个盆栽进了屋，叫帮衬的阿婆出去付钱，自己领我去了往常的那间六叠榻榻米房。

　　"天气突然就热起来了。"老人将青葱的盆栽放在外廊边，说道，"现如今，什么都火急火燎的。这才新历五月初，卖稗苗盆栽的就来了，菜苗贩子从四月末就开始叫卖，着实让我吃惊。昨晚去一木看庙会，竟然连卖金鱼的都出来了。人们越来越性急，一个个都争先恐后，这在我们这

---

　　[1]稗苗盆栽：在盆、盘等容器中放上湿润的棉花，撒上稗种使其发芽，供人欣赏绿意盎然的田园风景的小盆栽。

些旧时代的老家伙看来——你别说，我在以前还算脾气急的——就有些应接不暇，仿佛在看走马灯。照这情况下去，迟早有一天，人们会在正月的壁龛里装饰金鱼缸喽。不，也不能老说现在的人如何如何，其实以前也有人在寒冬之际欣赏金鱼。"

"难道养在天水桶里？"我问。

"不，养在天水桶里的金鱼不稀奇，只要天水桶够大，金鱼沉在桶底也能过冬。现在嘛，只要把金鱼养在厚玻璃缸里，放在光照好的地方，哪怕在冬天，这鱼也能生龙活虎的。以前不知道这些，也很少有能用玻璃容器养金鱼的奢侈人家，就算偶尔有这样的人，那也都是在夏天养的。话说回来，总有那么些想法稀奇古怪的人，会在寒冬时节卖金鱼。那种金鱼是养在温水里的，所以大家都觉得很稀罕。文化、文政年间一度很流行，后来衰落了，但到江户末期又流行了一阵。虽然这终究只是一时风靡，持续不了多久，但金鱼在紧俏时的价格可是高得离谱。这就跟当年的万年青和兔子一样，流行起来没有半点道理可讲。对了对了，关于那金鱼，还曾有过这样的事呢。"

玉池[1]传说自古有名，但其遗址并不确定。作为地名，坊间习惯将神田的松枝町一带称作玉池。除了地名引人注目之外，这里还住过大洼诗佛[2]、梁川星岩[3]等诗人，锹形蕙斋[4]、山田芳洲[5]等

---

[1] 玉池：曾存在于今东京都千代田岩本町二丁目五番地一代的池塘。据《江户名所图会》记载，江户时期，该池池畔有一茶馆，茶馆内有一美女叫阿玉。有两位人品、家世、容貌相当的男子皆钟情于她，阿玉无法抉择，最终投身池中，此后该池便被称为玉池。

[2] 大洼诗佛（1767—1837）：江户时代后期汉学家、诗人。诗画双绝。

[3] 梁川星岩（1789—1858）：江户时代后期汉学家、诗人。名"新十郎"，号星岩，玉池吟社的开创者。

[4] 锹形蕙斋（1764—1824）：江户时代中期浮世绘画师，亦号北尾政美，绘制了许多轻松诙谐的"略画式"漫画，广受好评，推动了日本漫画的发展。描绘江户匠人和风俗的《近世职人尽绘词》即出自他手。

[5] 山田芳洲：江户时代后期画家。生卒年不详。留有《唐子春秋之图》。

画家，还有俗称"玉池先生"的剑术师千叶周作[1]的道场。因为这些人的显赫声名，"玉池"之名就在江户时代传开了。

当时，有一位虽无法与上述名人并称，但亦相当有名的俳谐师傅松下庵其月也居住于此。这一带以前有个大池塘，后来被填埋，但留下了许多大大小小的池塘，可谓是玉池余韵。其月的院子里也有一个可让青蛙栖息的小池子，他本人宣称是玉池的遗迹，但大家都觉得不太可信。他在池子边种了一棵小松树，自号"松下庵"。来找他点评俳谐诗句的人很多，作为俳谐师傅来说，他日子过得还可以。

此事发生在弘化三年（1846）十一月中旬，天色昏暗，浓云翻滚，此情此景，令人不禁想以"阵雨"为题咏俳一首。那天过午，有个三十四五岁、脸晒得很黑的精瘦男人来到了其月

---

[1] 千叶周作（1793—1856）：江户时代后期武士、剑术家。北辰一刀流的创始人。其道场"玄武馆"为幕末江户三大道场之一。

师傅的书桌前。

"有件事儿想找您帮忙。"

他是旧货商惣八，长年以买卖挂轴、方诗笺、长诗笺为生，常常出入其月家。其月将桌上堆积成山的俳谐诗笺推到一边，微微笑了。

"惣八，你找我帮忙，怕不是又挖到了什么宝贝想要兜售吧？听说这阵子你的东西不太好，风评很差啊。"

"这个肯定没问题。这可是带了真品鉴定书的东西，货真价实。师傅，您看看。"

他打开包袱，煞有介事地取出一幅长诗笺，是芭蕉的"寒鸦栖枯枝，深秋日暮时"，其月一看就知道是赝品；另一幅诗笺则是其角[1]的"十五始饮酒，面红月光明"，其月稍有些犹豫，终究是疑点颇多。他无言地将两幅诗笺推回惣八面前，后者似乎从他的表情中猜到了答复，失望地问：

---

[1] 其角：宝井其角（1661—1707），江户时代前期俳谐师，松尾芭蕉的弟子，"蕉门十哲"之一。

"不行吗？"

"哈哈，我就猜到会是这样。你明明知道是假的，却还想着卖出去，罪过不小啊。"其月笑着说，似乎不太想搭理他。

"能请您介绍其他买主吗？"

其月沉默地摇了摇头。

"伤脑筋啊……"惣八挠着头说。"其角那幅也不行？"

"不行。"

"唉——"惣八跟讨了没趣似的开始收拾东西，"话说回来，还有桩买卖想和您商量。"

这回商量的就是之前提到的金鱼了。惣八说，自己手上有一对能在寒冬时分生活于热水中的朱锦金鱼，问其月能不能找到买家。虽然卖家要价八两二分，但二分绝对可以让利。如果能以八两的价格卖掉，其中的二两会给师傅当谢礼。其月又笑了。

"你这男人可真贪，本行之外还要找各种路子捞油水。"

"世道不好嘛。光靠老本行可活不下去。"惣八也笑了，"我说，师傅，您觉得怎么样？"

其月心中也不是没有买主的人选，于是就回答，如果金鱼是真货，他可以帮忙牵线。一听这话，惣八立刻眉开眼笑。

"多谢师傅！那就有劳您帮忙啦！卖主也很珍惜这对金鱼，只要定下买主，一定马上带来给您过目。按现在的行情看，雌雄一对只要八两，已经很便宜了，毕竟外头还有人卖十两甚至十四五两的离谱高价呢。流行的东西真是不可思议。"

"确实。"

谈完了买卖，惣八正准备回去时，恰好碰见一个十七八岁的漂亮姑娘从外头回来。她就是这里的婢女阿叶。其月今年四十六，五年前丧妻后就一直和婢女两个人一起生活。阿叶老家在千住，在以帮佣为生的女性当中，她的身材容貌算是出落得不错。毕竟主人是独身，邻居里也有些嘴碎的会背地议论。惣八也不时地开她玩笑，这次也一边穿木屐，一边说："哟，姨太太回来啦。"

"别拿年轻小姑娘打趣。"身后屋子里，其月严肃地说。

惣八缩起脖子，快步走出了门。外面已开始落雨，阿叶却没有借他伞的意思。惣八刚拐出横巷，雨势陡然增大，大雨哗啦啦地倾盆落下。

二

　　过了半个多月，转眼来到十二月初，玉池发生了一桩震惊左邻右舍的案子：松下庵其月在家中不知被何人砍杀，婢女阿叶也沉在庭院的池子里淹死了。本来大家就传她不是普通婢女，这事一出，周遭更是流言四起。仵作也来验了尸。由于是自己的地盘，半七立刻赶了过去。

　　毕竟是俳谐师傅的住处，其月家宅子虽然不算大，但布置得非常风雅。进了门有一方约二十坪（约 65 平方米）的小院，其中一半的面积被布满水苔的青池占去。屋内未设玄关，有一间三叠大的婢女房间，此外还有一间放着主人书桌的四叠半房和一间充当客厅的六叠房。本来邻居丝毫没有察觉异样，是那个旧货商惣八今早来拜访时，轻轻一推外头的柴扉，门就开了。不过这门平时就不锁，他也没放在心上，走进院子之后却发现松树根部露出了一角女人的腰带。他觉得奇怪，就走过去查看，发现那根腰带如一条红色的尾巴扎入结了薄冰的池面。他拾起腰带拉了拉，感觉它好像还绑在人身上，吓了一跳。

刚才说过，其月家没有玄关，进了屋就是四叠半榻榻米房。惣八慌忙想去拍护窗板，但发现根本没必要，因为最外头的那块护窗板半开着。他从缝隙间窥伺屋内，发现小书桌已经倾倒，毛笔、笔架、砚台之类全部散落。主人其月则身形歪斜，仰面倒在地上，半身染血，散落的俳谐诗笺也被染成了暗红。惣八吓得两脚瘫软，站都站不起来，于是连滚带爬地跑出门外，大声叫来了近邻。因此，惣八作为第一发现者，被带去町内的警备所受审。可他说自己只知道这些，再不知道其他了。

从主人和侍女的房间里都没铺被褥这一点推断，案发时应该并非夜晚。凶手应该是趁其月坐在书桌前拿着朱笔点评俳谐诗笺时，从他背后悄悄靠近，用刀刃割了他的喉咙。其月惊讶地转头，没想到又被砍了脖颈。如此一来，其月之死大概已分析清楚，可阿叶之死还没有任何线索，不知道她是自己投池，还是被别人丢进去的，从池子里捞上来的尸体身上也没有受伤的痕迹。

家里并未失窃，大致可以推断此案并非劫财，主人其月也没有老到无法动弹。若这单身的主人和年轻侍女之间真有坊间传闻中的那种关系，那阿叶出于情感纠葛杀害了主人，自己再投池自尽也不是不可能。若是阿叶因另有情夫而杀害了主人，那她应该不会自尽。又或者有其他人杀害了阿月，把她抛进了池里也未可知。就算不是犯人下的手，也有可能是阿叶自己在极度惊慌、四处逃窜时，不慎踩空跌进了池里。然而从门锁未锁、睡铺未铺的情况推断，案子更像发生在傍晚。吊诡的是，附近的邻居竟没听见什么响动。这世上也曾有人在神不知鬼不觉中作下滔天大案，因此办案的差役们也没过多在意。大家的目光都集中在杀害其月的凶手到底是阿叶还是另有其人上。

虽已仔细检查过阿叶的尸体，但也没发现什么线索，只不过尸体有吞水的迹象，因此阿叶是活着入水的。

"各位觉得……能不能找人来掏池子？"半七问。

鉴于池底可能沉着什么秘密，办案的差役们立刻就同意了。他们叫来人手，开始在寒冬腊月里掏池。池水深过一丈，池底跳出了大大小小众多红鲤和黑鲤，除此之外没什么重大发现，只掏出一把似是插在阿叶头发上的梳子。花了小半天时间，却只得到这一点收获，差役们都备感失望。接着他们又搜查了其月家里的每一个角落，但各处都收拾得整整齐齐，没有被翻乱的痕迹。至此，眼下已无别的线索，于是差役们就把后续的搜查任务交给半七，自己先回去了。

半七留下来，开始调查其月的身份背景，将他的亲戚、弟子、以及近期出入这所住宅的人统统记录下来，并将这些人的姓名、住所都一一调查清楚，然后遣了手下的小卒松吉前往千住调查阿叶的身世。验尸完毕后，由于没人收尸，自然也就没法处理两位死者的遗骸，只能先找来房东和四五个邻居，姑且帮忙轮流照看尸体。半七也在现场坐了下来。冬季日头短暂，现已是日薄西山。其月的弟子们陆续赶来，但他们也只是被这飞来横祸惊得目瞪口呆，谁也没能提供任何有用的新线索。夜幕降临，华灯初上，半七出了其月家，前往町中的警备所，发现旧货商惣八因为与这桩案子有莫大联系，至今还被拘着，在警备所的火炉旁冷得缩成一团。

"卖旧货的，对不住啊。这寒冬腊月的，生意那么忙，要是一直被扣在这儿，你也很为难吧？今天就先回去吧。"

"我能回去了吗？"惣八如起死回生一般问道。

"反正案子也可能立刻审结，之后有事再传唤你。今晚你先回去吧。"

"多谢大哥！只要接到传唤，我一定立刻赶来！"说着，惣八开始慌忙地收拾东西准备回家。

"不过，你稍微等一会儿。"半七说，"有些事，我还想问问你。虽然我这边也在调查，但那个叫阿叶的，应该不是普通婢女，而是和主人有什么别的关系吧？"

"大家是这么传的，但具体的我也不太清楚……"惣八含混答道。

"她在那儿做了很长时间了吗？"

"好像是前年来的，今年应该十八了。这些事，其月师傅一个叫其蝶的弟子最清楚。"

其蝶本名长次郎，是和惣八同行的铺子尾张屋的长子，因沉迷于俳谐而对店里的生意不闻不问。去年父亲死了，母亲和亲戚商量后，决定让他的妹妹阿花招婿，其蝶——也就是长次郎移居别处。其蝶自己也乐得如此，生活虽说不上清闲，但总归在柳原附近租了一间小屋子，依靠每月铺上送来的些许钱两过活。但光凭这点钱不够过日子，于是他就在第二年春天，以师傅其月为后盾举行披露会，自立门户成为一名点评诗作的俳谐师傅。他今年二十六岁，没有娶妻也未招婢女，在一间有六叠和四叠半两个房间的小屋子里过着所谓悠然独居的逍遥生活。

"那这个其蝶和阿叶有关系吗？"半七笑着问。

"这——"惣八想了一下，"我也不清楚。其蝶虽然频繁出入师傅家，但应该不会做那种事吧。毕竟他是个只知道风月雅韵的怪人。"

"那位师傅手头紧吗？"

"他相当有名，来找他点评俳谐的人也很多，应该不至于困顿。而且，他有很多家境不错的弟子和主顾，副业方面好像也赚了不少。"

"副业……兜售挂轴诗笺吗？"

"这个嘛，差不多吧。"惣八点点头，"我们这样的旧货商也常常拿东西给他看，只要东西好，他一般都能帮忙找到下家。"

"你最近有没有拿东西给他？"

"这个……"惣八有些含糊其词。

"隐瞒可不行。老实说，你真拿了东西给他看？"

"我给他带了芭蕉和其角的长诗笺。"

"就这些？那他要没要？"

"他说是赝品，没当回事。"惣八苦笑道。

就着警备所内昏暗的灯光，半七直直盯着惣八的脸端详了一阵，最后正色说道："喂，惣八。你为什么瞒我？除了诗笺之外，你还带了其他东西给那个俳谐师傅吧？不老实说可不行。"

"哎……"

"你哎个屁。说清楚！再这么遮遮掩掩的，你可就回不去了。"

本来还油嘴滑舌的惣八，在半七的瞪视下惊慌失措。对手可是半七，若硬要隐瞒，自己估计讨不了好。于是惣八很快妥协，老老实实供出了一切。

"其实这事我也有点为难……今早会去师傅家也是为了它……唉，真是吓坏了我。"

这说的就是金鱼一事。虽然其月没有理睬芭蕉和其角的诗笺，但对那一对金鱼，他却说心里有人选。过了四五天，惣八又去其月家里了解进展，其月说已经找到了买主。惚八非常高兴，立刻回去把卖主元吉带了过来。元吉小心翼翼地抱着装了一对朱锦金鱼的涂漆小桶赶了过去。因为外表与普通金鱼如出一辙，其月提出要验证一下，于是拿出家里的铜脸盆，往里倒了热水。虽说这金鱼能在热水中存活，但水温太热依旧受不了，于是就调整水温直到卖主首肯，然后把两条金鱼放进去，只见它们摆动着红色的尾巴在热水中游得生龙活虎，于是其月承认金鱼是真货，惚八也啧啧称奇。这样一来，由其月中介转卖金鱼的事就定了下来，但他不肯说出买方是谁。其月只说让两人将金鱼寄放在他家，自己肯定会按照约定的价格卖出。惚八察觉到，其月不肯透露买家大概是想抬价出售，借此多赚点钱，于是他就没有深究。一抬价获利，二抽取礼金，其月想通过这桩买卖两头获利，这样的事在当时稀松平常，因此惚八也没有怀疑。两人又跟其月客套了一阵，然后就将金鱼寄放在其月家，先行离开了。又过了五六天，其月派阿叶来通知惚八随时可以去领钱。惚八立刻前往，其月也爽快地付了卖价八两二分，惚八也遵照约定放下二两礼金才走。

本以为这事就算完了，没想到大概过了三天，阿叶又来找他过去。惚八也没多想，直接跟她去了其月家，结果发现其月板着一张脸，劈头盖脸地怒吼道："你出入我家这么多年，没想到竟是这么个无耻的男人。带那种假玩意儿到我这儿，花言巧语地骗我，这算什么？"惚八大吃一惊，仔细询问了前因后果，原来那对金鱼只是寻常玩意儿，不能在热水中生存。两条金鱼在其月家验货时好好的，带去买主家试验时也好好的，可第二天都死了，想必是在普通金鱼身上涂了什么药，临时诓人来了。时间一长，药渐渐剥落，金鱼也虚弱而亡。其月气得青筋暴起，怒斥惚八："别以为诓了人还能全身而退！你让我在买主面前丢尽了脸，说吧，怎么赔我？！"

"头儿，我跟您直说了吧，当时我真是进退两难。"惚八无奈地叹息道。

三

"所以，因为金鱼死了，师傅觉得对不起买家？"半七顿了顿，接着说，"可金鱼是活物，饲养方法不对也可能死掉，有时还会因气候变化而死，况且金鱼也会生病，若一味怪罪于你，你也很为难吧？"

"我也是这么说。"惣八诉苦道，"可师傅根本不听，一口咬定是我卖了假货。说我平时就这德性，说的话压根不能信……"

"看来，你平素里就经常给他带假货。"

"您真会开玩笑……"惣八慌忙否认，"师傅实在太顽固了，话一旦出口，之后说什么他都不肯听。"

"后来怎么样了？"

"还能怎么样，只能僵着。话虽这么说，若

师傅之后不肯再让我进门，我生意也会不好做。没办法，我只能先顺着他，先回来找卖主元吉商量。元吉当然不肯认账，理由也和您刚才说的差不多。我夹在中间，两头不是人。其实今早去师傅家也是为了这事，没想到……一波未平一波又起啊。"

"卖主元吉到底是个什么人？"

"是本所一家金鱼铺的侄子，目前住在千住。"惣八说，"其实那是他姑母家，他借住二楼。虽说如此，他自己没有固定营生。叔父是卖金鱼的，这次的金鱼就来自那边，所以应该没什么问题，他自己也坚称绝对不是假货，而我完全是个门外汉。说实话，到底谁对谁错，我也弄不清楚，着实为难。"

"那个元吉今年多大了？"

"二十三了。"

"是吗？好，今天就先问到这里。你回去吧，叫你时要立刻赶来。"

"一定一定。"

说罢，惣八就如出笼之鸟一般急匆匆地走了出去。目送惣八离去后，半七靠在炉子旁连续吸了两三管烟草，突然，有个高个子男人从昏暗的门外探头往里张望。他就是小卒松吉。

"头儿，我回来了。"

"辛苦你了，外头冷吧？过来，烤烤火。"

"真的太冷了，虽然没有风，但冷得钻心。不久可能要下雪喽。"

"就因为大冷天的还要搞买卖金鱼这种无聊玩意儿，才会弄出这种大案子来。"半七苦笑着说，"所以呢？打听得怎么样？有没有什么线索？"

"是这样的……"

松吉探出脖子开始低声叙述，原来其月的婢女阿叶是千住一家杂货店的女儿，家里有母亲阿万和十三岁的弟弟源吉。前年春天，阿叶第一次出门做工，作为寄宿的侍女住进了附近一家叫水户屋的烟草铺。水户屋是家老字号，生意之外还拥有田产，在当地颇有势力。男主人在四五年前死了，如今是女主人阿睦当家。阿叶在那里工作了小一年，当年年末就走了。第二年三月去了第二户人家做工，也就是玉池的其月家。阿叶离开水户屋并不是自己请辞，而是跟主人的侄子交往过密，被主人知道了，所以水户屋没等惯例的换雇时节到来就急匆匆把她辞了。去玉池之后，她只在去年的盂兰盆节放假回了一趟千住老家，今年则连正月和盂兰盆节都没回去露面，说是主人家没有人照看，自己走不开。

　　由于在松吉到达之前，已经有家住玉池附近的人前去知会，所以阿叶家人已经知道女儿去世的消息。不巧的是母亲阿万染了风寒，自四五天前便卧病在床；弟弟源吉还是个孩子，没法奔波办事，所以日落之后会有邻居替他们去玉池收尸。松吉在病人床榻前问了许多问题，正如刚才所说，阿叶最近很少回家。母亲阿万去玉池探望过两次，但主人其月都凑巧不在，别说他的为人了，就连他的面也没见过，所以主人家的事他们一概不知，也声称不知女儿和主人之间到底是什么关系。阿万看上去是个本分的乡下人，不像会说谎的样子。松吉打听到这份儿上，也就先回来了。

"那个烟草铺的侄子，是不是也是本地金鱼铺的侄子，一个叫元吉的家伙？"半七问。

"没错、没错，就是元吉。头儿已经打听出来了？"

"从旧货商惣八那儿听说的。就是他委托惣八卖金鱼，惣八又委托师傅，最终把金鱼卖给了某人。"

听了冬日金鱼的事后，松吉连连点头："我明白了，应该是元吉杀了师傅。"

"你这么觉得？"

"你看，头儿，"松吉压低了音量，"那家伙卖的金鱼肯定是假货。本想就此敲诈一笔，没想到事与愿违，事情败露之后师傅向他发难，最后不得不还钱，可钱已经被他挥霍一空，走投无路之下起了歹意……您看，顺理成章。再说那个叫阿叶的女人，应该很早就与元吉有染，于是就帮助元吉除掉了主人。"

"嗯，"半七陷入沉思，"既然这样，阿叶为何死了？元吉杀的？"

"这个嘛，估计是了。元吉在阿叶的帮忙下杀了师傅，要是再让她活着，恐怕事情会败露，于是他就趁阿叶不注意，一把将她推进了池子，怎么样？"

"原来如此，倒是说得通。那你就顺着这条线去查一查元吉吧。"

"直接把他抓来？"

"说什么蠢话。"半七笑道，"你以为是自己跟自己下棋，想怎么落子就怎么落子？没有确凿的证据就抓人，小心挨官老爷们的骂。你谨慎行事。庄太上哪儿去了？让他也一块儿帮忙。"

"是。遵命。"

松吉摆出十拿九稳的表情，气势十足地出去了。半七想再去其月家看看之后的情况，也走了出去。虽是个无风的夜晚，刺骨的寒意却似要把人冻僵。因已是腊月的傍晚，路上随处可见提着灯笼匆匆赶路的行人。半七一边穿梭其中，一边静静地思考。

"也许瘦竹竿阿松推测得没错？"

其月家聚集了一大群人。在半七刚才离开的时候，其月的门生和友人陆续赶来，把六叠的客厅和三叠的婢女房间坐得满满当当。来者全是男人，只有两三个貌似是邻居的女人在狭窄的厨房里忙碌着。四叠半的书房里并排摆放着主人和婢女的尸体。这样看来，阿叶家还没有遣人来收尸。护窗板全关得严严实实，线香燃烧升起的袅袅细烟腾满了整间屋子。

屋内再没有能落座的地方，半七就绕到了厨房坐在横框处。有一个主妇拿了个暖手盆过来。

"很冷吧？您也看到了，屋里太小。"主妇有些抱歉地说。

"不必客气。话说回来，这儿的弟子中有位叫其蝶的师傅，他来了吗？"

"来了。我去给您叫来？"

"不，不必。你告诉他在哪儿就行。"

"那个，坐在那边的……"

半七抻直脖子朝主妇所指的方向张望，屋里很窄，那个人其实就在自己跟前。他端正地坐在离两具尸体最近的地方，默不作声地垂着头。屋里，人们膝头相碰挤坐在一起，人群当中放着几盏座灯和烛台，其蝶那苍白的侧脸被照得一清二楚。其月的尸体旁边放着一张小矮桌，上面有六七张貌似写了临别俳句的诗笺，不知是谁供上的。

再仔细观察一番，半七发现其蝶右手的小指上似乎缠着纸片。半七忽然想起阿叶尸体的左手小指上好像也贴了一小块膏药。虽然验尸时没人注意这点，既然其蝶的右手小指上也有伤，那半七就不能对这个细节置之不理。半七想再检视一下阿叶的尸体，但要验尸就必须亮明身份，这让他有些犹豫。可就这么干瞪眼也不是个办法，于是半七进一步向上探身，出声叫道："喂，其蝶师傅！"

然而其蝶依旧低着头，丝毫没有回应。

"其蝶师傅，这位大哥在叫你哪！"

那个主妇也帮忙叫了一声。其蝶这才抬起头来，接着拨开人群来到了厨房。

"您是哪位？请到这边来。"他透过昏暗的光线，礼貌地问。

"有件事想拜托你。我是神田的半七，因公务想要检视一下尸体。"

"原来如此。"其蝶有些慌张地回答。

"没什么大事，就是过去看一眼。"

只要事先打过招呼就没问题，半七就毫不客气地走进去，在众人的注视下穿过屋子，站在了四叠半房间里的尸体旁。其月的尸体没必要检验，半七直接拿起阿叶尸骸的左手，仔细查看了小指，上面依旧贴着浸了水的膏药。他轻轻剥下膏药，发现了一道疑似刀伤的淡淡划痕，但这伤口至少是五六天前留下的，基本已经愈合了。明确知道这个伤口与昨晚的事件无关后，半七大失所望。

虽想进一步检查一下其蝶手指上的伤，但在众目睽睽之下着实不好办，于是他用眼神示意其蝶，让他跟着自己走出厨房，来到了房外狭窄空地上的水井旁。

"你师傅遇此大难，你有什么头绪吗？"半七靠在辘轳井的柱子上问。

"完全没有。"其蝶轻轻叹了口气。

"这家里的事情，你应该最清楚，师傅有没有做过什么遭人怨恨的事？"

"据我所知没有。"

"他最近卖金鱼到别处了吗？"

"事情我倒是听说了，但不知道买家是谁。"其蝶说，"听说是旧货商惣八带了假货来，惹得师傅勃然大怒。"

"阿叶这个女人是师傅的小妾吗？"

"这……"其蝶稍稍有些犹豫，"坊间倒也有人这么传……"

"你认识千住的元吉吗？"

"不认识。"

"据说是那个元吉杀了师傅……当真完全不认识？"

"不认识。"

"你的手指好像受伤了。"半七突然说。

其蝶不说话。半七突然探身向前，用力抓住了其蝶的手腕。

"怎么受伤的？稍微让我看看。"

说着，他拉着其蝶回到厨房门口，后者则一声不吭地任由半七摆布。半七借着烛光解开层层缠绕在其蝶右手小指上崭新的纸条，压在伤口上的白色棉花上渗透出鲜血。半七依旧抓着其蝶的手腕，沉默地盯着他的脸。其蝶也无言地垂下了眼帘。

"你跑不了了，"半七嘲笑道，"跟我来一趟警备所吧。"

其蝶似乎已做好了心理准备，老老实实地被半七牵着走了出去。

四

"本想借此再立一功，但我的判断出现了一些偏差。"半七老人摸着额头笑了起来，"哎呀，听我慢慢和你说。"

他喝了口茶，歇了口气。我心里却急不可耐，迫不及待地追问道："难道不是那个其蝶杀的？"

"不是他。"

"那是元吉？"

"也不是。"老人又笑了。

他好像在故意吊我的胃口，让我好生焦躁。与我相反，老人越来越镇定，脸上摆着"这种时候就是要吊一吊胃口才有意思"的表情，我急得有些牙根痒痒。老人放下茶碗，又慢条斯理地说了起来："杀害其月的其实是阿叶。"

"阿叶……那个婢女为什么要杀他？"我备

感意外地问道。

"你别急，听我和你说。那个阿叶打小就比较轻浮，十六岁的春天去千住的烟草铺工作时就和那里的侄子元吉搞上了。事情暴露之后，她被辞退，次年去了玉池的其月宅中当侍女。之前也说过，主人其月是单身，孤男寡女的，两个人就有了首尾，街坊邻居也就渐渐开始传她不只是婢女那么简单。她生性如此，所以对以前的男人元吉也没有半点留恋，元吉也没有缠着她，双方也就忘了这段前缘，没惹出什么麻烦。麻烦的是现在的主人其月，他嫉妒心很强，爱吃醋，毕竟自己快五十了，女子才十八，年龄差堪比父女，再加上他是个俳谐师傅，天天有年轻弟子出入家中。阿叶也是个生性随便的女人，对谁都眉来眼去的，这一点好像让其月很不愉快。即便如此，阿叶也没有辞职，以婢女的身份在这宅子里干了整整两年。然而其月的醋意越来越浓，有时还会用非常蛮横的手段责罚她。听说他甚至会扒光她的衣服，用麻绳捆住她的手脚，把她推进婢女房间晾上半天。毕竟附近有邻居，这种折磨总是悄悄进行。那姑娘呢，据说不管遭受什么样的虐待，她都绝不出声，只是咬紧牙关忍耐到底，非常不可思议。如此，主人不赶人，姑娘也不出逃，平日里相处得甚是和睦。这事其实多数弟子都有所察觉，其中数其蝶与师傅最为亲近，经常出入他家，好几次撞上施虐现场，劝过几次架。"

"既然屡遭虐待，阿叶的身上应该会留下伤痕吧……"

尸检时为什么没有发现呢？我有些想嘲笑半七老人的粗心。

"问得好。"老人严肃地点头，"这确实是我们大意了，没的辩解。可其月的虐待不像一般的虐待那样打、踢、抓，而是用一种无法言喻，但又非常残酷且淫猥的方式施虐，乍一看是察觉不到的，这你也得明白。然后呢，其蝶居中调停之际，由于阿叶本性轻佻，受了折磨也不长记性，甚至开始对其蝶抛媚眼。其月虐待得越狠，她的秋波也送得越勤，仿佛赌气报复其月，故意要惹他着急。用现在的话来说，两人大概都有施虐与受虐的残酷嗜好吧。然而其蝶是个怪人，眼里只有俳谐与风流，不管阿叶如何暗示，他一概不予理睬。女人最后也按捺不住了，竟用拙劣的笔迹写起了恋文。这样一来，其蝶再怎么怪也无法置之不理了。若是直接与师傅坦白，不知他又要闹出什么骚动，所以其蝶也不知如何是好。这期间，阿叶的追求更加热烈，甚至会在出门办事的途中绕道去其蝶家，这下这个怪人也是束手无策了。其蝶想，不管怎样，若任由这女人住在师傅家中，之后保不准会惹出什么麻烦，必须想办法让师傅把她赶出去。但他又不好意思跟师傅明说，于是自那之后，他每次带着俳谐去请师傅点评时，两三首中必定会有一首以"落叶""红叶"为题，然后写些什么把落叶扫出门啊、折下红叶丢弃啊之类的句子。这当然是借阿叶的名字进行暗示，确实是风流人士能想出来的主意。由于他总是做些相同的俳句，师傅也开始觉得奇怪。据说，其月最后收到的诗句是"今时红叶落，明夜月光增"。落叶自然是指阿叶，月则取"其月"中的一字，这句诗的意思就是，若将阿叶赶出门，其月的光辉必将增益。见了这句诗后，其月师傅终于开窍了，问题是这个醋坛子竟理解歪了。"

"他以为其蝶和阿叶有染？"

"对，对。他以为这二人不知在何时有了关系，但由于女子在自己家，两人无法自由地交欢。只是弟子觉得，若让女子主动请辞，自己或许会察觉他俩的事，所以才企图用这种拐弯抹角的方法暗示自己解雇阿叶，这样他们就可以自由交合了。其月把事情曲解成了这样。这个男人在男女关系方面简直有些精神失常，总是一个劲往坏处想，钻牛角尖，于是他就跟往常一样，又开始虐待阿叶。这次有其蝶的俳句为证，他虐待得更狠了。阿叶似乎也承受不住，就给其蝶写了一封长信，说自己遭受主人如此无理的虐待，已然活不下去，不如干脆把主人杀了，再逃到其蝶那里去。写完以后还划伤小指沾上自己的血，悄悄把信送给了其蝶。其蝶收信以后自然吓了一跳，但又想她会不会只是想吓唬自己，于是没有立即赶过去，而是缓了四五天，这才无意中酿成了这桩祸事。阿叶左手小指上的伤应该就是那时造成的。过了四五日，其蝶前往玉池，恰好是事发那晚。大概在晚五刻（晚上八时）的时候，他如往常一样推门进去，发现四叠半房间里全是血，师傅则倒在书桌前。他震惊地呆立在原地，心里蓦然想起了什么。这时，三叠婢女房中传来了"其蝶哥、其蝶哥"的呼唤声。其蝶知道那是阿叶，依旧跟失了魂似的呆呆伫立在原地。最终，阿叶从婢女房间中走出来，一脸平静地说是自己杀了老爷。其蝶这才胆战心惊，原来阿叶真的对师傅起了杀意。阿叶趁他点评俳谐时从背后接近，出其不意地用剃刀砍了下去。更令人震惊的是，这女人杀了主人后，竟然去厨房洗净了满手的血污，剪了指甲换了衣服，将沾血的衣服整齐叠好藏进藤条箱底，还缩好发髻正准备外出呢。真不知该说她蠢，还是该说她大胆，总之她胆量太大，据说把其蝶也惊得目瞪口呆。

"想也如此。"我也不禁叹了口气。

"别急,接下来又出了大事。"半七老人皱起了眉头,"阿叶拉过呆若木鸡的其蝶,竟要他带她回自己家。其蝶这会儿不是吃惊,而是吓得半死,也给不出什么像样的答复,只是呆呆站着。没想到阿叶突然变了脸色,说这场面既然被他撞见了,自然不可能轻易放他走。她拿出杀死其月的那把剃刀威胁说,如果其蝶不带她走,她就在这儿杀了其蝶再自尽。其蝶虽被逼到绝路,毕竟是个男人。他抢下了女人手里的刀,跌跌撞撞地逃进院子。阿叶也跟着他飞奔了出来,然而在跳进院子时被散落的腰带绊到脚,踉踉跄跄地失足跌进了池子里。其蝶吓得要命,根本不敢回头看,连滚带爬地逃了出去,飞奔回自己家紧紧锁上门,屏住呼吸,一直待到了天亮。他右手小指上的伤就是在抢夺阿叶手上的剃刀时不小心划到的,当时心惊胆战浑然未觉,后来伤口越来越疼,这才注意到自己受伤了。"

"那其蝶为什么不早点报案？"

"我也怀疑过这点，但在看到阿叶按了血印的信后，就知道其蝶没有说谎。以前的恋文都被他撕掉了，唯独最后这封信被他原样放在了抽屉里，后来恰好成了为他脱罪最有力的证据。要说其蝶为什么不早点报官，是因为如果报官，就要将师傅的家丑全部外扬。首先，这有损师傅的名声；其次，自己也可能受连累。考虑到这些，他才选择了沉默。若不知道杀害师傅的凶手是谁，那另当别论，既然真凶阿叶已经自取灭亡，他就打算佯装不知，让这件事不了了之。知情不报固然不对，但站在他的角度想想，他也的确可怜，所以他只受了些斥责就无罪释放了。"

"这么看来，金鱼完全跟本案无关？"

"这确实无关。"老人说。"不管怎么说，关键的其月死了，根本无从知晓金鱼的买主是谁。

后来深入调查了一番，貌似是浅草的一个札差[1]，但事已至此，他们也怕惹祸上身，所以一口咬定自己什么都不知道，我们也无从查起。元吉和惣八明显没有杀人，至于金鱼到底是真是假，这已无法知晓。当然，这种奇货嘛，买家自己也有错，所以就算最后真的查出他们售假，那也不是什么重罪。冬日金鱼确实是奇货，但这俳谐师傅和婢女也算得上是'奇货'了。要是带去给现在的医生诊治诊治，搞不好他们还能对应上哪个病名呢。"

---

[1] 札差：江户时代买卖旗本、御家人等武士从幕府所领俸米的中间人。这些人在浅草的藏前（"藏"在日语中意为"仓库"）设店，一方面通过俸米买卖赚取差价，另一方面还提供用俸米作担保的高利贷获利。札差的"札"本来是俸米发放的时候排队用的牌子。

07

松茸之罪

一

十月中旬，我提着从京都送过来的一篮子松茸当伴手礼，造访半七老人家。和蔼的老人高兴极了。

"哎呀，你来得可真巧，其实我正寻思着要不要给你寄封请帖呢。不，没什么大事，只是我的生辰要到了……我一个糟老头子，其实也没什么好庆祝的，只不过是多年来的习惯，每年都会意思一下。当然也不是要特意邀请谁，不过找四五个亲朋好友聚一聚而已，比如你认识的三浦先生、我儿子夫妇以及两个孙辈。就这么些人挤在这小房间里，吃点红豆饭[1]和烤全鱼[2]。结果生

---

[1] 日本人遇喜事时常吃红豆饭。

[2] 烤全鱼：带头、尾的烤鱼，一般是鲷鱼，也是喜宴、祭神等喜事上用以庆祝的典型菜肴。

辰前一天你送来了京都的松茸，真是太好了。托你的福，明晚的菜又多了一个。既然如此，虽都是些粗茶淡饭，可否请你明天赏脸光临？"

"谢谢您，那我便忝陪末座。"

翌日傍晚，我如约到访，其他客人都已到齐了。其中，三浦老人住在大久保，往昔在下谷一带当房东。我在半七老人的介绍下，于今年春季与三浦老人熟识，时常到大久保拜访，打听了众多《三浦老人昔话》[1]的素材。今晚能见到他，我也备感高兴。

此外列席的还有半七老人的儿子及其夫人、女儿、儿子一家四口。老人的儿子似乎与父亲不同，是个颇为板正的人，始终与夫人规规矩矩地坐在一起。席上都是两位老人在闲聊，我们都沉默地充当听众。当老人指着饭桌上的松茸说这是我送来的礼品时，老人的儿子一家又郑重向我道

---

[1]《三浦老人昔话》：作者冈本绮堂的另一部作品，通过三浦老人的见闻讲述江户的风土人情。

谢，搞得我颇有些不好意思。随后松茸成为话题，两位老人聊起了江户时代的松茸。过了一阵，三浦老人说："说到松茸，我忽然想起，加贺屋的人不知现在怎么样了。"

"听说明治以后搬到横滨去了，如今生意做得红火呢。阿铁家搬去了浅草，听说也挺红火。"半七老人回答，"世道变迁真是不可思议啊，现在不值一提的小事，放在那时却轰动一方。在十二月的寒夜跳进不忍池，我都差点冻死，真让我吃了大苦头。"

听到这里，我又跟往常一样按捺不住开口了。

"发生了什么事？您跳进了不忍池？"

"是啊。"半七老人笑道，"今晚本不打算说这样的话题，既然你开口打听了，肯定不会轻易放过我。那我今晚就来讲一出助助兴。不过三浦老兄也别想逃，你先来揭开序幕，讲讲太田的松茸吧。"

"哈哈哈，当真过分，竟让我打头阵。唉，没法子，我说就是了。"

三浦老人笑着，率先开了口。

"若不先按顺序说明'进献松茸'的流程，你们或许会搞不清因后果。各位知道，上州太田的吞龙大人[1]，那边有个地方叫金山，往昔是向幕府上贡松茸的地界。因此，每年自旧历八月初八开始，朝廷就会封山，任何人不得进入。这座山上采到的松茸最终会被送进将军的嘴中，因此非常兴师动众。按照惯例，脚夫要在一昼夜之内将松茸从太田金山抬至江户。松茸一从山上送下来，就立刻让脚夫挑至下一个宿场。下一个宿场的官驿里也有人手待命，接过松茸后又立即挑至下一个宿场。由于要像这样接力运送，所以绝不可拖延怠慢。而且脚夫一拿到松茸就要立刻上路，各宿场的官驿也忙得不可开交，一旦看见御

---

[1] 吞龙大人：今群马县太田市金山町的大光院，净土宗寺院，详名为义重山大光院新田寺，开山祖师为吞龙上人，通称"育子吞龙"或"吞龙大人"。当时众多婴儿被杀，吞龙上人心怜悯之，便将幸存者收为弟子加以抚养，故被后世尊称为"育子吞龙"。

松茸——绝不可省略那个'御'字——来了，官驿的差役和仆众都得全体出动去迎接。哎，如今回头一想，简直像编故事。装松茸的筐子外以琉球草席包裹，再用绀染麻绳仔细扎好，最后加封。货队身边跟着大量替换人员，最前头则有人举着'御松茸御用'的木牌，大家一起嗨哟嗨哟往前跑。那阵仗，就跟神轿游行似的，哈哈哈——唉，也就是现在才能如此哈哈大笑，当时可笑不出来。毕竟一步行差踏错，你都不知自己会有什么下场，所以大伙儿都红着眼拼尽全力。总之，这就是'进献松茸'的流程。至于事件本身，还是请半七老人说吧。"

"好了，这下终于要进入正题了。"

半七老人接过话头，开始讲述。

文久三年（1863）八月十五深川八幡宫的祭礼上，外神田加贺屋的儿媳阿元带着阿铁、阿霜两个婢女受深川亲戚所邀，一大早就出门游览。当天正午过后，也不知是谁传出来的，总之永代桥坍塌的消息传到了神田一带。惧怕文化四年永代桥坍塌事故再现的民众又开始惶恐喧闹。加贺屋中，阿元的丈夫才次郎和老夫人阿秀也脸色大变。掌柜半右卫门带着两个年轻伙计立刻赶到深川，得知是有人散播谣言惊扰世人，阿元和婢女都平安地在亲戚家玩耍。半右卫门这才安心，陪同夫人归家后，阿秀和才次郎自然都非常欣喜。然而，在加贺屋一家的欢声笑语中，儿媳阿元不知为何面色有些沉郁，刚剃不久的眉毛青印轻轻蹙着。

　　婆婆和丈夫都注意到了阿元脸色不好，但并未过多在意。加贺屋是几乎开拓了这一带的世家，铺上经营丝线棉花，主人才兵卫八九年前去世，如今由二十三岁的独子才次郎当家。夫人阿元比丈夫小三岁，今年二十。她于十八岁那年冬季嫁至加贺屋，夫妻俩已恩恩爱爱相处了三年。阿元是武州熊谷 [1] 乡间豪农家的次女，传闻带了一千

[1] 熊谷：熊谷宿。中山道六十九宿场自江户起的第八个宿场，今埼玉县熊谷市。

两金子的嫁妆。

加贺屋也是家底殷实的高门大户，当初议亲并非看中这点嫁妆。亲事定下后，由于阿元娘家位于乡下，难以随心所欲地为女儿置办各式嫁妆并送至江户。再者，由于是村中最古老的门第，外嫁女儿要遵循诸多麻烦的习俗，比如各方要送贺礼，主家也要一一回礼。若女儿嫁的是当地人，开销再大也得遵循礼制，既然女儿远嫁江户，这些风俗礼仪只会给双方添麻烦，于是阿元双亲便请求加贺屋，想以学习礼仪规矩为由先将女儿送至江户亲戚家中，万事从简送出女儿。当然，到了江户之后，婚事便不可糊弄，因而想烦请加贺屋代为置办嫁奁、操办礼仪以及其他诸事。依照当时的习俗，新妇娘家若是高门大户，即便远嫁二三十里，归宁时，婆婆与丈夫也必须陪同归乡，拜访娘家亲戚和乡亲。不习惯远行的人收拾行装从江户前往熊谷是一件非常麻烦的事，加贺屋乐得省事，一口答应了亲家的请托。阿元先住进下谷媒人家，按照江户的习俗置办好妆奁，顺利嫁进了加贺屋。如此,豪门女儿近乎两手空空嫁入夫家,娘家父母送来一千两金子置办嫁妆也就不足为奇了。此外,阿元还有个叫阿铁的年轻丫头陪嫁,这也不是什么稀罕事。

　　阿元嫁过来之后,双亲和姐姐曾来加贺屋拜访过一次,顺带游览江户,逗留了一月有余。才次郎和阿元两口子相处得极为和睦。阿元生性天真纯朴,备受婆婆阿秀的喜爱,在铺中伙计和来往商客中的名声也很好。陪嫁丫头阿铁今年十八,也是忠心护主的实诚女子。因此对于婆婆阿秀来说,唯一的不满是小两口还没给她生下长孙,除此之外没有任何能破坏加贺屋一家和顺美满的因素。铺上生意也依旧兴隆。

　　因此,当永代桥坍塌的消息在新妇外出观赏深川祭礼期间传来时,难怪加贺屋一家会如此乱作一团。众人知晓新妇一行无事后,自然也就欢天喜地。然而到了第二天,阿元的脸色依旧晦暗,这让全家人感到有些不安,婆婆阿秀尤为担心。

　　"阿铁呀,过来一下。"她将婢女阿铁叫入自己房中，小声问道，"我看阿元今天脸色也很差，这究竟是怎么了？方才我问她要不要找大夫来看看，她说自己身上没什么不舒服的。你昨天与她一道出的门，可有什么头绪？"

"回您的话，昨日没发生什么……"阿铁毫不迟疑地回答，"我和阿霜一直跟着夫人，也没注意到什么不寻常的事。不过，夫人听见永代桥坍塌，许多人被水冲走的消息时，曾面色发白，全身颤抖……"

"这也怪不得她。"阿秀点头道，"在知晓那是谣传，亲眼见到你们平安无事之前，我也心惊肉跳的……可她今天脸色依旧苍白，早膳也没用多少，我总有些不放心哪。既然连你都说没印象，想必的确没出什么事。去了那种人山人海的地方，又听见了那样的谣言，兴许是一时气血不畅。若她身子不爽利，你就让她去二楼躺下歇息吧。"

"是，我明白了。"

阿铁规规矩矩地行礼致意后就退下了。即便都是家里的下人，对陪嫁而来的仆役，主人也会有几分疏远，仆役也会特别注重礼节。因此，无论哪个下人，一听要陪家中小姐外嫁，第一反应都是不愿意的。当然，他们的工钱会比一般行情高一些。阿铁是阿元娘家佃农之女，自幼在主家服侍，与阿元尤为亲近，这才跟随阿元远赴江户。以她的年龄来说，她个头算大的，长得也不丑。当然，兴许是阿铁本人也十分注意，她的穿着打扮和言谈举止都不太有乡下人的影子。

阿铁文静地拉开纸门来到外廊，只见小院方格竹篱的角落里，仅有的两株雁来红正在明亮的阳光下轻轻摇曳着粉红的身姿。许是回忆起了故乡的秋，抑或是有其他忧虑，阿铁目不转睛地望着那尽染秋意的叶色，半晌后轻轻叹了口气。

二

"喂，姑娘，你在那儿做什么呢？"

这夜，两国桥上似已落了霜，长长的桥面和栏杆都在黑暗中闪着微白的光。一名男子透过霜色与水光看着年轻女子，搭话道。男子就是神田的半七，迫不得已到本所参加呈会之后，如今正在返家途中。

"我说，姑娘，这么晚了还在这种地方徘徊，兴许会被误认为风尘女子。天这么冷，别呆呆站在这儿了，赶紧回家去，暖暖身子吧。我是为你好，快回去吧。"

"是。"

年轻姑娘低应一声，却丝毫没有离开栏杆的意思。半七大步走过去，抬手放上姑娘的肩膀。

"你这孩子也真偭。在这岁末忙碌时节，你

站在两国桥中央做什么？四十七名复仇义士也不会再经过[1]啦。还是说，你袖子里藏着石块？”

半七最初便以为她是想投河。当时是岁末十二月夜晚，地点是两国桥，对方又是个年轻姑娘，要素齐全，半七无论如何也无法放任这女子不管，自行离去。

“这可真不能开玩笑。大冷天的，不适合做什么冷冰冰的事。你再不走，我可要强行拉你去找守桥人了。”

女子不吭声，似在无声饮泣。死意已决的女子总是要流泪的，半七明知如此，仍觉得她有些可怜，于是摇了摇抓着她肩膀的手，温声说道：

“我刚刚和你说了那么多话，难道你没听见？方才说要把你交给守桥人，是我不对。我不做那些煞风景的事了，就在这儿听你说话，可好？而且，若你真有非死不可的理由，我就助你一臂之

---

[1] 引用歌舞伎剧《假名手本忠臣藏》中场面，四十七名义士成功为主君复仇后，经过两国桥撤退。

力。若还有活着解决问题的方法，那就如古时的川柳[1]里那样，丢了袖兜里的石头，跟我聊聊吧。喂，你别不说话。好歹应一句呀？"

"多谢大哥。"女子依旧垂泪，"难得您好言相劝，可此事我实在不能说。"

"我知道你一定有难言的苦衷，可你不说，问题就不会解决。你别嫌我啰唆，我不会害你的。若此事不可外传，我保证不说出去。我是个男人，既然立了誓，就一定不会食言。你就放心跟我说吧。"

"多谢大哥。"女子再度抽抽搭搭哭了起来。

"我好像听过你的声音。"半七疑惑道，"我方才就觉得你的声音耳熟。你认识我吗？我是神田的半七。"

女子一听半七的名字，忽然像是吃了一惊，慌忙推开他想要逃走，可她的腰带一头被半七紧

---

[1] 川柳：日文定型诗的一种，与俳句一样也为5—7—5三句十七音，但以口语为主，没有季语、助动词的限制，比较自由。多用于表达心情或讽刺政治或时事。

紧攥在了手中。

"喂，你做什么！你这女人，真不识相。没法子，只能动粗了。走，跟我走！"

他拉过女人的手腕，硬将她拉至守桥值屋。守桥大爷正抱着暖脚炉，似乎从傍晚一直打盹到了现在，连烛光都跟睡着了似的，朦朦胧胧的。半七扳起正低着头的女人的脸，让它暴露在烛光中。

"嗯。你是加贺屋的婢女吧？"

女子正是加贺屋的阿铁。半七因有事咨询，昨晚曾坐在加贺屋店头与掌柜半右卫门谈话。由于小学徒们去了澡堂，昨晚是后宅婢女阿铁上的茶。半七毕竟是干这一行的，见过一次就记住了她的声音和长相。加贺屋的婢女为何会在这个时间于此地徘徊，想要投河自尽？她相貌不差，也是妙龄，半七立刻察觉，她想轻生的原因恐怕与情色纠葛有关。

"你我并非全然不认识，事到如今，我更加不可能留下一句'好的，告辞'就走。你叫什么名字来着？"

"阿铁。"

"嗯。那么，阿铁姑娘，你为何要寻死？对方是谁？铺上的伙计？"

"不，并非如此。"阿铁慌忙否认道，"并非关乎那种事。"

半七有些意外。并非因为情色之事而想寻死？半七又询问了一番，可阿铁怎么也不肯开口，坚称唯独此事，自己决计无法透露分毫。不论半七如何恫吓哄骗，对方都固执到底，最后半七也没了法子。

"我说你，无论如何也不肯说？"

"实在抱歉，我无论如何都不能说。"阿铁斩钉截铁地说，一副不畏任何严刑拷打的模样。

事到如今，半七也无计可施。她眼下并没有犯罪嫌疑，又是个年轻女子，自己根本不能拿她如何，眼下要么将她交给守桥人，要么将她送回家，只有这两条路可选。半七心想，不如干脆带着她一起回町里吧。于是，他没对揉着惺忪睡眼的守桥大爷详说事由，而是催着阿铁出了守桥值屋。许是岁暮夜晚的寒意彻骨，抑或是沉溺于深沉的思虑，阿铁紧紧笼着两袖，缩着肩膀乖乖跟着半七。

走出小屋后，半七不经意回头一看，发现一名双颊裹着头巾的男子正站在大街上，似乎一直瞧着这边。半七顿住脚步，打算仔细看看男子的打扮，谁知对方忽然转身，逃也似的过了桥。半七心想真是个奇怪的家伙，站在原地望了好一阵。

"你认识刚才那名男子吗？"他一边迈出脚步，一边问阿铁。

"不认识。"

半七没有听漏阿铁声音里的那一丝颤抖。

"你冷不冷？"

"不，不冷……"

"可你好像在发抖？你是不是与那人约好在这里见面，一起殉情？"半七语带试探地问道。

"不，绝无此事。"阿铁小声但笃定地回答。

之后两人便没再说话，彼此沉默着并排走在

昏暗的柳原堤上。半七边走边想，就算不是殉情，那个裹着双颊的男子与阿铁之间应该也有某种联系。夜风扬起霜露，枯柳的黑影在月色下簌簌抖动，半七快冻僵了，见着柳树下夜鹰荞麦面摊的灯火，不由得停下了脚步。

"喂，阿铁。怎么样，要不要吃碗面？"

"我不饿。"

"别客气，凡事总要看情分做个陪。而且这大冷天的，怎么受得了。什么也别说了，吃一碗再走。"

半七硬拉着婉拒的阿铁，要了两碗热腾腾的荞麦面。摊贩名为六助，每晚都会从下谷叫卖到神田一带。

"咦，这不是头儿吗？今晚上哪儿去了？"

"哦，原来是六助大爷啊。这天真是冷得要命。今晚不得已跑了趟本所，你也是每晚忙着赚钱哪。"

"是啊。我们这行当，如今正是旺季。"

说着，他看见了扭脸避开昏暗灯光的阿铁。

"呀，加贺屋的阿铁姑娘，今晚你也跟头儿一道？"六助似乎讶异于半七和阿铁这对奇异的组合，不自觉停下了正在锅子下扇风的手。

"没什么，就是中途遇见了，来一段柳原堤结伴行，哈哈哈——"半七笑道，"大爷，您是做夜晚生意的，每晚都能见着几对我们这样的吧？"

半七和大爷说笑着，吃了两碗面。阿铁则拘谨地吃了半碗就搁下了筷子。

三

　一来到外神田大街道，岁末之夜，町里还很亮堂。加贺屋的大门也还开着。愈靠近自家店铺，阿铁就愈殷勤地感谢半七今夜的照拂，又说实在不能让头儿一路送自己到铺里，一再恳求半七就此分别。半七也很清楚，阿铁已有主家，自己送她到铺的确不太妥当，于是千叮万嘱，让她不可再寻短见，然后便与她分开了。即便如此，他还是暗中尾随她走了五六间路，亲眼看见阿铁迈入主家厨房后门，才返回三河町家中。

　虽然阿铁本人不肯坦白，但半七已大抵猜到，阿铁是想投河。虽不知原因为何，但她不过是个年轻姑娘，应该不会有什么非死不可的深刻理由才对。一想到自己救了条性命，半七心情自然也不坏。过了大约两日，半七在加贺屋附近遇见了阿铁。她似是出门办事，袖子下抱着个大包袱急匆匆走着。虽然对方似乎没注意到半七，连声招呼都没打就擦身而过了，但半七见她平安无事地做着事，心里总算放下一块大石。

岁暮时节，半七也非常忙碌，无暇成天操心加贺屋的婢女。他早已将她抛诸脑后，每天忙于公务。如此，繁忙的腊月也已过去十多日，终于到了深川年市[1]开市前夕。这天，半七前往神田明神下的妹妹家时，在町内拐角遇上了荞麦面摊贩六助。

"晚安。天还是这么冷。"

"确实冷。感觉越到年关冷得越厉害。"

说着，半七忽然想起了前阵子那天晚上的事。他叫住六助问："喂，大爷，跟你打听个事。你认识加贺屋的那个婢女很久了？"

"是，我经常去那家铺子附近做生意……"

---

[1] 深川年市：旧时每年旧历十二月十四、十五两日，深川八幡宫境内会开设年市，贩卖岁暮用品。

"这我明白，但你们只有这点交情？真的没别的了？"

对方的身份摆在那儿，六助稍微想了想，毳碌头巾[1]下眯着的眼睛若有所思地微微泛起皱纹，小声反问道："头儿，莫非您在查什么公事？"

"倒也算不上公事。那晚和我一起的阿铁，她有没有情郎？"

"是有个男子时常来找她，但不知是不是情郎。"

据六助说，前阵子起，有个年轻男子时常来加贺屋附近徘徊，也曾到自己搁下担子的地方吃过两三次荞麦面。他似乎在等什么人。后来加贺屋的婢女出来，将男子带到阴暗处窸窸窣窣不知说了些什么。由于男子的年纪和打扮都和那晚在两国桥的守桥值屋外打转的男子十分相似，半七越发断定，他和阿铁之间必定有某种

---

[1] 毳碌头巾：又称焙烙头巾、丸头巾、大黑头巾，圆形布收口，形似浅砂锅，多为老人或僧侣御寒使用。

牵扯。

"那男子不是江户人。"六助又说，"我瞧着像熊谷那边的。我自己就是那地方的人，因此很清楚，而且他的口音也很像。加贺屋的夫人和婢女也是熊谷人，我想他们可能认识。"

"是啊。"半七也点点头。

同乡人在江户相遇，顺势发展出某种关系。半七也觉得，这种事情一点也不稀奇。那天晚上，阿铁之所以会在两国桥上徘徊，或许并非投河、殉情这样的复杂问题，而单纯只是约好夜晚幽会，正在那儿等情郎呢。如此一想，这就成了一件十分单纯、无聊至极的事。半七心中只有一个疑问，那就是当时阿铁对自己的态度。她说自己无论如何也无法坦白缘由。从她那种拼命的态度来看，背后的缘由怎么也不像普通的男女私会之类的事，而是有更复杂的内情。然而，六助已将自己知道的全说了，半七也见好就收，打了声招呼便离开了。

走出一二间后，半七又不经意回头一看，发

现有个裹着脸的男子好像就等着他离开似的，眼下已站在了荞麦面摊前。那人的背影酷似那晚两国桥边的男子，半七不由得停住了脚步。虽明白或许会白折腾一遭，但出于职业上的好奇心，半七还是悄悄返身藏在围墙外的天水桶后头。今夜也是没有月光的暗夜，泥土里渗出的霜寒直逼膝盖，冻得生疼。男子吹着荞麦面上升腾起的热气，时不时四下张望一番。半七猜想，他大概又是在等阿铁。

然而阿铁迟迟不出现，男子似乎有些急了。他吃了两碗面，搁下面钱，飞快地走了。这里大致是下谷和神田的交界处，男子脚步向南，半七心知他正往加贺屋去，便从藏身处爬出来，暗中跟了上去。最终，男子躲进了加贺屋附近横巷的阴影处，重新裹好头巾，揣着双袖又站了一阵之后，终于有女子木屐的声响传来。女子似乎避开了热闹的大街，转而从昏暗的后巷绕了过来。她前后张望几眼，然后悄悄挨近男子。

此后，两人也时不时左右张望，同时窃窃私

语。不巧，他们附近没什么藏身之所，半七只能在远处偷窥他们的举动，听不见说话声。渐渐地，不知是不是没谈拢，男子的声音粗暴起来。

"那就没办法了，我这就去加贺屋找夫人当面谈判！"

"别胡来！"女子慌忙拦住他，"你若那样，我何苦说明缘由，求你行个方便？再怎么说你也太过分了，明明当初说好的不是这样……"

女子嗓音颤抖，似有些怨愤。

男子冷笑道："一码归一码。所以你去跟夫人说……咱俩一道远走高飞，怎么样？"

"休想！"女人骂道。

如此你来我往争论几次后，女子似已忍无可忍，满腔愤怒一下迸发出来，尖声怒斥道："畜生，你给我记着！"

她似乎从腰带中取出了刀。男子似被她的意外之举吓到。半七也吃了一惊，立刻冲过去按住了正在追砍男子的女子。原来她手里拿着剃刀。

"喂，阿铁，别做傻事！"

尽管已经激动得失去了理智，阿铁还是分辨出了半七的声音，拼命挣扎喘息道："头儿，放开我！那畜生，若不杀了他……"

"危险！若那歹人非杀不可，我帮你逮他！"

一听半七说的这句话，男子不知为何返身拔腿就跑。半七无暇犹豫，只得先从阿铁手中扭下剃刀，然后飞身追赶男子。男子避开大街，在昏暗后巷中穿行，往池之端方向逃窜。半七紧追不舍，逐渐逼近男子背后。男子似乎更慌了，一脚踩上冰冻的碎石子，不慎滑倒。半七立刻追了上来，一把抓住男子的腰带结。腰带松开，男子不由得愣怔片刻。半七随即又扯住男子衣袖，后者似已被逼至穷途末路，竟然一把脱下布棉袄，光着身子再度拔腿飞奔。半七将布棉袄往男子的背影掷去，可惜差了一步，让男子侥幸躲过。

男子拼命奔逃，追兵紧追不舍。最终，男子似已无路可逃。他望着不忍池粼粼发光的宽阔水面，滑行似的冲过去，赤身裸体地跳入水中。男子如此执拗地一再奔逃，最后甚至跳进池水，半七心忖他恐怕是个重罪犯，因此连衣服都没来得及脱，便在这寒夜里跟着跳进了水中。

四

　　半七迟迟没能找到沉入不忍池中的男子身影。他叫来帮手，众人最终将男子冻僵的尸骸从枯萎的莲根下拉上岸。此时已是大约一炷香时间后。男子似乎并不擅水，在这霜夜赤身裸体跳入大池，命运可想而知。然而，由于不知他的身份来历，半七将他的尸体移交给负责的差役后，自己先回家换下被水浸湿的衣裳，谁知阿铁已脸色苍白地等在他家中。

　　"哦，是阿铁呀，你来啦。"

　　"刚刚才过来。"

　　"那正好，其实我也正想唤你过来呢。"

　　半七利索地换好衣物，支走一直陪阿铁说话的妻子，让阿铁坐到长火盆前。

　　"我也不兜圈子，那男人是谁？"

　　"他被捕了吗？"

"搞砸了。"半七皱起眉头说,"他被我逼得走投无路,最终跳进了池子。人是捞上来了,但已经没了。真可惜。事已至此,我也只能审问你了。那晚也说过,我知道你有许多难言的苦衷,可如今没有别的法子,只能请你坦白一切。否则不仅是你,兴许加贺屋也会惹上麻烦。此事若连累到你家主子,总之……希望你认真考虑这点,把一切都告诉我。"

"我明白。"阿铁乖乖俯首道,"其实我就是想将事情原委告诉您,才在发生那件事后立刻来到这里,一直等您回来。事到如今,我便将一切都老实说了吧。"

"嗯。只能这样了。那个男人到底是谁?是你同乡吗?"

"是。他是我们邻村的农户,叫安吉。"

"他何时来的江户?"

"听他说是今年八月中旬。我是八月十五那天,和夫人一起去看八幡宫的祭典时碰上他的。"

"之后他住在哪里,又在做什么?"

"不清楚，好像只是成天游手好闲。"阿铁回答，"毕竟他在家乡时也很懒惰，成天只知道赌钱。"

"那这个懒汉安吉今晚来找你做什么？"

阿铁欲言又止，垂下湿润的眼眶，缩着肩膀沉默了好一会儿。

"接下来才是关键所在。既然你恨不得杀了他，当中必有深刻的理由。你想杀之而后快的那个人已经死了。既然你的愿望已经达成，如今也不必扭扭捏捏、遮遮掩掩。他可是你的情郎？"

"不，绝对不是……"阿铁亢奋到双唇打战，"他是我的仇人。"

"那就让我听听你和他到底有什么仇。既然是仇人，那杀了也无妨。他究竟是你父母的仇人、主家的仇人，还是你自己的仇人？"

"是我主子的仇人，也是我的仇人。"

泪水源源不断地从她眼眶中涌出、落下。阿铁越发激动地说："我已忍无可忍，想着干脆杀了他。其实前阵子那天晚上，我也是拿着剃刀在两国桥上等他。"

"原来如此。"半七叹了口气，"这我倒没能察觉。那么，你说的'主子'，指的可是加贺屋？还是你一路追随她嫁过来的夫人？"

阿铁又陷入沉默。她头上的银杏返发髻已乱得不成样子，凌乱的鬓发正随着她微微颤抖。

"不是说好了把一切告诉我吗？"半七微笑着说，"你不也是为了这事，才特意跑来见我的吗？事到临头，怎么能哑巴了呢？嗯？结仇的是你家夫人吧？"

"正是。"阿铁鼻音浓重，平静地回答，"他一再强人所难，尽情欺侮我们。"

"他为何欺侮你们？莫非你们被他拿了什么把柄，只能任由他胡作非为？"

"是。"阿铁举袖掩面，颤抖着身子哭了出来。

"莫非他知道你们的什么秘密？"

半七猜测，兴许是加贺屋夫人还在熊谷家乡时，曾有过秘密情郎，而知晓此秘密的邻村安吉则抓着这个把柄一再折磨她们。然而，阿铁的回答出乎半七意料。

"是，因为他知道夫人的出生年份……"

"出生年份……"

"此事我只与头儿您说，其实夫人隐瞒了真实的出生年份。"

阿铁似是下了决心般说道。

阿铁这才慢慢吐露夫人的秘密。原来加贺屋新妇阿元虽然宣称自己生于弘化二年（1845）蛇年，实则生于弘化三年马年。若只是生在马年倒也无事，但坏就坏在弘化三年恰好是丙午马年。当时那个世道，人们普遍相信生于丙午年的女子克夫，故而生于此年的女子都异常不幸，而生下她们的双亲自然也必须分担她们的不幸。阿元也是不幸的姑娘之一。虽说是家境殷实的豪门之女，但在家乡找不到门当户对的婚配人家。话虽如此，又不能屈身下嫁给身份门第相差太多的人家。于是家中双亲便请求当地庄屋，将女儿在户籍上的出生年份改为了乙巳蛇年。如此，阿元表面上便成了蛇年生人，但当地乡亲都知晓她究竟生于何年。阿元父母对此也十分担心，最终决定去遥远的江户寻求亲家。阿元之所以一切从简离开家乡，其实都是因为不能让本地乡亲知晓夫家身份。阿铁对于这些内情自然一清二楚。

皇天不负有心人，加贺屋对这个秘密毫无察觉，阿元夫妇相处和睦，婆媳之间也能相互迁就，一家人幸福圆满地过着日子。如此一来，当事人阿元自不必说，陪嫁而来的阿铁也松了口气。然而成婚后的第三年秋季，一个可怕的恶魔突然出现，破坏了这种安稳祥和的局面，威胁这两个姑娘。他就是邻村的年轻农夫安吉。他母亲是个稳婆，而且正是当年为阿元接生的稳婆，故而知晓夫人的秘密。当然，当时阿元的父母用金钱封了她的口，要她严守秘密，但不可能堵得住全天下每一张嘴，更何况安吉是她儿子，不可能不知道。安吉因为某件事来到江户，前去观赏八幡祭典时，偶然遇见了阿元和阿铁。

由于江户与熊谷相距甚远，主仆二人并不知晓安吉为何会来江户，但此事起因正是前面所说的太田金山进献松茸之事。一般而言，御用松茸出了太田之后，便从上州一路送至武州熊谷，再沿中仙道[1]送抵江户板桥[2]。依照惯例，沿途村庄中的农户壮丁都会受到征召成为运送松茸的脚夫，聚集在各宿场的官驿中。安吉也是其中一员，与其他受征壮丁一齐在宿场官驿等候，但他生性懒惰，一直躲在后面优哉游哉地抽烟。不久，松茸到达宿场，等候的脚夫们齐刷刷起身。安吉也在差役们"快点、快点"的催促声中叼着烟管跑出去，将穿过松茸筐的青竹竿扛在了肩上，可他叼在口中的烟管却没地儿放了。安吉随手将它插在松茸筐外的结绳上，随即跟着众人嗨哟嗨哟地抬着松茸筐子走了。由于送得急，一行人将松茸交给下一个宿场时，安吉竟忘了取下烟管。

结果烟管在下一个官驿被发现，差役开始严厉质问众人。进献给将军的松茸筐外插着根油腻

[1] 中仙道：江户五街道之一的中山道，是从江户经内陆前往京都的道路。

[2] 板桥：板桥宿场，江户时代中山道六十九宿场中，自起始点日本桥之后的第一个宿场。今东京都板桥区本町。

又肮脏的烟管，别说官驿的差役们，在场的名主和农人都不禁色变。自然，沿途各宿场的脚夫们都必须逐一接受审问。安吉此时也反应了过来，陡然一惊，但已无力回天。兹事体大，不可能以一般的疏忽之罪而论。安吉不知自己会遭受怎样的重罚，恐慌之下当即逃之夭夭。怕躲在乡下小地方反而引人注目，加之他平素就想去江户看看，安吉便壮着胆子逃往江户，因为他认为，躲在鱼龙混杂的江户反而容易逃过追捕。然而他没有准备路费，一路几乎与乞丐无异，好不容易来到了江户。他在江户没有熟人，只好依旧如乞丐一般在江户各处游荡。

很快，他便摆脱了乞丐的处境。进入江户的第三天早晨，他偶然撞见了加贺屋的新妇和她的丫鬟。由于想见见识识著名的八幡祭典，还想着或许能在祭典上讨到点什么东西，安吉一早便在深川各町徘徊，结果在人山人海中瞧见了阿元和阿铁，他便高高兴兴地叫住了她们。得知他是家乡邻村村民，而且还是稳婆的儿子后，两个姑娘比白天撞了鬼还吃惊。为了避免被其他陪同而来的丫鬟们发现，阿铁悄悄将安吉带到角落里，什么也没说，给了他一些钱就离开了。

当时虽就此收场，可安吉却执拗地一路尾随他们，目送这群姑娘进了亲戚家。他打听到阿元已嫁入外神田的加贺屋，之后便屡屡前往加贺屋，叫出阿铁索要钱财。若阿铁不肯，他便威胁要将阿元生于丙午年的秘密告诉她公婆。这对阿元来说比死还可怕，扰得她脆弱的内心备受折磨。阿铁也跟着心急如焚，一直在设法堵住安吉的嘴，可安吉还是没完没了地勒索钱财。他成日懒在本所的廉价客栈中，用从阿元那儿勒索来的钱两耽于酒色，花完了就再去骚扰阿铁。阿元是加贺屋的媳妇，无法随意支取铺上的钱两。她想求助熊谷娘家，却又找不到合适的信使。无奈之下，她只好与阿铁商量，悄悄当掉自己的东西以满足安吉无休止的索求，可这终究不是长久的法子。主仆二人为了这不为人知的辛劳而日渐消瘦。

十一月末，安吉又来索要五两金子。然而当

时凑不出那么多钱，阿铁只将三两送去了本所的廉价客栈。安吉极其不满。他借着酒胆对阿铁提出了猥琐至极的要求。阿铁挣扎着想逃走，却被安吉强行拉住。阿铁只能死了心，安慰自己这一切都是为了主人，陷入了比被虐杀还难受的境地。此时，安吉向阿铁透露自己是通缉犯，并怂恿阿铁，事到如今，不如从阿元那儿勒索一大笔钱，跟着他远走高飞，一起去别处生活。

自那以后，阿铁从前对安吉的惧怕倏然转为无法自抑的憎恨。她决心干脆为主人杀掉这可憎的仇敌，于是故意说了一通好话，将安吉叫到了两国桥上。那天傍晚，她在腰带里藏了把剃刀，就在桥上等着安吉。就是这次让半七误以为她想跳河。之后的事便无须多言了。安吉企图再向阿元勒索一百两，强行带走得手过一次的阿铁，逃往别处。谁知这个计划却加速了他最后的灭亡，使他被阿铁手上的刀刃所惊吓，继而被半七追捕。若只有丙午生辰的秘密，那倒没什么，可他身上还有更为严重的松茸之罪，因此拼命逃窜，最终将自己的性命抛进了不忍池底。

说到这里，阿铁的眼泪已然干了。她再度抬眼望向半七的眼瞳里，闪烁着强烈的决心。

"正因如此，虽没有伤到对方，我依旧愿意依律受罚。只是，我此生唯一的愿望，就是夫人的事。终归我的身子已被那种人糟蹋了，变成什么样都无所谓。可若丙午生辰的秘密被张扬出去，夫人被休，她一定会活不下去的！"

"我明白了。"半七重重点头道，"你的想法，我明白了。此事交由我来办，一定不会给你家主子添麻烦，放心吧。"

"多谢头儿。"女子再度垂泪。

感念于阿铁的忠义，半七瞒下了所有与加贺屋有关的事，阿铁自然也没受到处罚。安吉之死全被归于松茸之罪，就此解决。阿铁在加贺屋伺候到二十一岁，亲眼看着年轻夫妇俩诞下男婴之后才嫁进附近一家酒铺，而为她保媒的就是三浦老人夫妇。

阿铁成婚时，加贺屋为她准备了相当丰厚的

妆奁。阿元娘家也送来了二百两赠金给阿铁，又送了半七一百两以表谢意。

08

木偶师

一

　　"确切年代记不清了，大约是木偶戏[1]从猿若町[2]搬到神田筋违外[3]的加贺原[4]之前不久，应该是安政[5]末年吧。"半七老人说，"忘了剧团是结城座还是萨摩座，当时曾在汤岛天神境内上演木偶戏。此事倒与剧团本身无关，只是团里的木偶师之间发生了一件怪事。我如今在这儿一本正经

　　[1]木偶戏：一般是以净琉璃的表演形式操纵木偶进行演绎。
　　[2]猿若町：江户末期戏曲町，原址大致位于今东京都台东区浅草六丁目区域。
　　[3]神田筋违外：指江户城外郭门筋违桥门之外区域。外神田。
　　[4]加贺原：今东京都千代田区外神田一丁目附近，因往昔这一带是松平加贺守的府邸而得名。
　　[5]安政：日本孝明天皇年号，公元1854至1859年间使用。

地说这些，总给人一种随意编撰的感觉，但这确实是真事，也请你当真事听。那些木偶师中有一个叫若竹纹作的，还有一个叫吉田冠藏。纹作当时二十三岁，冠藏二十八，都是江户人。干那行的多是京都、大阪那边的人，而他俩都是土生土长的江户仔，自然意气相投，情同手足。然而，这一对好兄弟后来因某件怪事反目成仇，以致两人身在同一剧团，却几乎不再交谈。"

两人闹翻的原因是这样的。剧团暑休期间，他俩结伴去信州巡回表演，从中仙道的诹访 [1] 绕到松本城下町 [2]，在当地某剧场首次开演时，正好是盂兰盆节的两天前。狂言剧目两天一换，头两日由于是盂兰盆节之前，观客不多。两日后戏码一换，正好遇上盂兰盆节假日，当即满座，甚至停止放人入场。新换上的剧目是《优昙华浮木龟

[1] 诹访：今长野县诹访市。

[2] 松本城下町：江户时代松本藩藩厅松本城的城下町，今长野县松本市。

山》全本戏，大轴是《本朝廿四孝》[1] 第四段里的"十种香"和"狐火"两个场面。全本戏《浮木龟山》自然就是那出石井兄弟的复仇剧，纹作操纵石井兵助，冠藏则操纵赤堀水右卫门。

第一天夜里，剧场关门已过九刻（午夜零点），一行人都在后台并排睡着了。虽是乡下小剧场的后台，但也有给台柱子休息的四叠半房间，于是关系好的纹作和冠藏便占了这个房间，睡在同一个蚊帐里。精疲力竭的二人头一沾上木枕便打起了响亮的鼾声。大约一个时辰后，纹作忽然睁开了眼。寒冷的夜风从关不紧的肘挂窗[2] 钻入，枕边破烂的座灯被吹得火光摇曳，一阵明一阵暗地变幻。信州的秋季来得早，墙边断断续续传来蛐蛐的叫声。纹作心中被唤起一种难以言喻的旅

---

[1]《本朝廿四孝》：日本净琉璃、歌舞伎剧目之一，全五段，取材于日本历史事件并模拟中国的二十四孝故事创作而成的日本本国孝行故事。

[2] 肘挂窗：带有低矮大窗台的日式大窗，类似现在的飘窗。

途哀愁，开始怀念起遥远的江户，也羡慕丢下剧团众人，到当地妓院寻欢作乐的同伴们。

由于压久了木枕，耳朵疼痛，纹作抬起头趴伏着，拉过枕边的烟盘准备抽一口烟，忽然听见房外走廊传来咔啦咔啦的声响。纹作以为是老鼠，起初并未在意，过了一会儿忽然想起，狭窄的走廊上杂乱地堆放着衣箱、木偶等物。团员个个累得精疲力竭，肯定没怎么收拾这些道具，直接放在了外面。纹作心想，那里头若有什么东西被老鼠咬坏可就糟了，于是拿着烟管便钻出了蚊帐，物品碰撞的窸窣声依旧没停。

纹作竖起耳朵听着声音，悄悄拉开房门，后台相当宽敞，只有一盏挂灯发出微弱的光芒，四周都黑蒙蒙的。昏暗中，纹作看见两个更加漆黑的影子如幻影一般浮现，连忙揉了揉惺忪的睡眼。原来那两个影子是石井兵助和赤堀水右卫门的木偶，正拿着道具刀殊死交战。这场战斗出自"金谷宿佗住居"一幕，似乎是兵助遭仇敌反击的场景。难道毫无感情的木偶里寄宿了这对仇敌的魂魄？纹作被这过于不可思议的场景夺去了注意力，又如做梦一般低声唱起了净琉璃。

"兵助勇猛无人挡，又砍又刺斩恶党。岂料来人不畏怯，前后左右接锋芒。几处伤口血潺潺，以刃做杖止踉跄。'呜呼哀哉，此恨难平，难——平——哪——'"

兵助的人偶正如戏文所唱，接连遭仇敌砍伤。得意扬扬的仇敌气势更盛，再度砍来。在舞台上有约定俗成的剧情约束，可如今在台下，纹作不想自己的木偶遭仇敌砍杀，于是一股脑儿飞奔过走廊，举起手上的烟管用力朝仇敌的木偶挥去，一把敲坏了水右卫门的脑门，木偶扑通一声倒地。兵助的木偶也似精疲力竭，无力地倒下了。

木偶倒地的声响惊醒了冠藏，见身旁没睡着纹作，有些奇怪，便掀了蚊帐出去，结果就看见纹作攥着烟管瞪着眼睛呆站着，脚边还躺着水右卫门的木偶。

"喂，纹作，怎么了？"

纹作这才如梦初醒，跟冠藏说了自己方才亲

眼所见的木偶奇事，可冠藏不信。兵助和水右卫门是死敌不假，可他们双双附身傀儡木偶，在半夜里打斗交锋？世上不可能有如此离奇之事。冠藏一开始也只是大笑着说，大抵是纹作迷迷糊糊间看错了。可当他看见水右卫门脑门上歪扭的伤痕时，立刻脸色大变。他不满地逼问纹作，究竟是什么深仇大恨让他在自己的木偶脸上留下如此严重的伤痕？纹作一再辩解，但冠藏怎么也不肯接受。

　　一方说是两个人偶相互交锋，另一方坚称绝不可能。双方争论不出结果来，现场又没有其他证人，此事就这么僵着。剧团中的其他人也为这场争执所扰，陆续醒来。对于这场怪事，谁也做不出合理的判断。有人说世上未必没有此等奇诡异事；也有人自始至终不屑一顾，坚决否认。况且，纹作击打水右卫门是事实，因为木偶的额头上还留有确凿的证据。

　　冠藏将其解释为纹作嫉妒他。首场以来，一直是自己的木偶更受好评，观客们都夸它动起来栩栩如生，而纹作对此心生嫉妒，这才在半夜里偷偷弄坏自己的人偶，还为此编造出荒诞无稽的鬼怪故事加以掩盖。然而，冠藏的说法并没有切实证据，他只好强压愤怒，听众人居中劝解。眼下出门在外，手边没有替换的木偶头，故而这天晚上，冠藏只好拿着额上有伤痕的水右卫门登上舞台。场内烛光昏暗，也不知观客们是否察觉有异样，但冠藏操纵着有瑕疵的木偶总觉得不是滋味，表演也提不起劲。即便如此，当戏演到"金谷宿佗住居"时，冠藏心中涨满一股难以言喻的愤懑，眼里染上了狠厉的杀气。

戏里，赤堀水右卫门欺瞒石井兵助，暗算了他。冠藏则化身剧中角色，竭力操纵木偶，打算尽可能可恨、尽可能残酷地虐杀对手兵助。由于对方的气势与往常不同，纹作也立刻察觉到了。原本只是外出巡回表演，冠藏表演起来并未有太多热情，但今夜他的木偶像有了灵魂，一举一动宛如活物，甚至操纵木偶的冠藏眼中也带有杀气。纹作也不敢大意，只得做好准备，防范气势汹汹想要虐杀己方木偶的敌人。木偶之间打得难舍难分，仿佛手上刀刃都要折断。木偶师的额头上也渗出了汗水。两人拼红了眼。高台上唱曲的太夫也受到感染，将今夜的戏文唱得分外有劲。观客们屏住呼吸，紧张地盯着台上的胜负。

然而，不论纹作如何焦急、如何疯狂，受剧情所限，石井兵助终究要被仇敌斩杀。水右卫门身边也出现了援军。他们的木偶从三个方向围堵兵助，举刀杀来，操纵兵助的纹作顿时焦头烂额。精神亢奋的他顾不得太夫唱出的戏文，只一个劲地四下挥砍。兵助的刀再度朝水右卫门的面门砍去。冠藏也无暇指责对方不走剧情，一心只想着将对手的木偶砍得七零八落，拼命朝兵助杀去。在敌我双方混乱的交锋中，戏文唱到了结尾。

"你刚才怎么回事！"

冠藏一进后台就指责纹作道。纹作也反唇相讥，说冠藏也没按规矩操纵人偶。眼看两人又要跟昨晚一样吵起来，其他人连忙劝和，总算是平安收场。谁知在下一幕结束之前，不知是谁拔掉兵助木偶的头，丢到了后台走廊。纹作自然认为是冠藏干的好事，但因没能抓到现行，只得忍气吞声，什么也没说。当然，双方的木偶都不是自己的。冠藏也好、纹作也好，都没有优秀到能拥有自己的木偶。但那木偶到底是自己在用，看到它的头被拆下来丢到走廊上，纹作就愤恨得有如自己的头被拧下来丢到了走廊上。自那以后，他便鲜少与冠藏说话了。冠藏也渐渐不与他来往。他们也成了现实中的赤堀水右卫门和石井兵助。

回到江户后，他们无法再如从前一样视彼此为密友。虽然从事同一个行当，在同一个后台吃饭，水右卫门和兵助终究还是躲不开仇敌关系。

二

"纹作师傅，感觉这天好像要下阵雨呀。"

一个十七八岁、皮肤白皙的姑娘在年轻的木偶师面前探出头来，仿佛在邀请他看自己新梳好的岛田髻。纹作还是独身，住在离下谷五条天神[1]不远的横巷里一家小梳妆铺的二楼。

离小梳妆铺四五家店外有家外租舞蹈、滑稽剧服装的铺子，纹作平日都在那里制作或翻改木偶的戏服。小梳妆铺的女儿阿滨私下也在那儿干活贴补家用，自然而然与纹作亲密起来。阿滨的母亲在知道两人关系的前提下，将自家二楼租给了纹作。大约四年前，阿滨家的男主人去世，如

---

[1] 五条天神：今位于东京都台东区上野公园内的五条天神社。

今只有寡妇阿直和女儿相依为命。住进家中的纹作年纪轻轻，到底是个艺人，打扮甚为俊俏，因此街坊邻居里也有人说他和阿滨的是非，但母亲阿直对此一向充耳不闻，故而也有人自以为是地认为，纹作迟早成为她们家的女婿。不管怎样，阿滨和纹作的关系非常好。

纹作说自己染了些风寒，正披着阿滨这个冬天新为他缝制的柔软的广袖袍服，坐在小型长火盆前。他身形瘦削，看上去有些易怒，是个外表柔弱的男子，年轻的脸庞仿佛化了淡妆，十分鲜亮。阿滨坐在长火盆对面，有些担心地望着他微蹙的眉头。

"很不舒服吗？不如我去帮你买些汤药回来？"

"哪里。这点小病，不碍事的。"纹作轻笑道。

"你今天又不打算去排练了吧？我方才听阿娘说的。"

"没办法，头昏昏沉沉的。"纹作无精打采地说。

"所以得喝药呀。若是首日登台前病情恶化，那可就糟了。"

"恶化了歇息就是。这次的戏没什么劲，管它呢。兴许还不如干脆歇了好。"

十一月末阵雨将至的天空忽然略略放晴，二楼的纸窗上映出了鸟儿的影子。阿滨边往长火盆里添炭，边小声道："咦，鸟影……莫非有人要来[1]？"

"说到来客，剧团那边可有人来过？"

"不，今天还没人来过……"阿滨小心地拨弄着炭火，说道，"听阿定师傅说，这次的剧目，对你来说是大材小用了？"

"哪里的话。"纹作拉过膝前的烟管说，"若是出去巡演，或许的确屈才。但这是江户，还让我操纵判官和弥五郎[2]，别说屈才了，简直受宠若惊。只不过我怎么也提不起劲。方才也说了，我在想，这次的演出不如干脆告假算了。"

---

[1] 日本人将纸窗、纸门上映出鸟影视作有客人来访的前兆。

[2] 均为《假名手本忠臣藏》里的登场人物。

"为何？"阿滨将火箸插入火灰，面对着纹作说，"我想看你演判官。你这回不遮脸[1]吧？"

"当然。但我和师直不对付。我演判官，一想到要被那厮刁难，心里就不舒坦。"

这次要上的是《忠臣藏》全本戏，操纵师直和本藏的正是吉田冠藏。与死对头冠藏同台表演第三段的争斗场面[2]，对纹作来说可没什么好高兴的。他琢磨着干脆称病不去。

"可是，不能不去吧？都快年底了……"

"不打紧，会有办法的。"纹作得意地笑道，"缺席一两场戏而已，不至于连过年的年糕汤都吃不起。"

---

[1] 人形净琉璃由两至三名木偶师操纵一个木偶，其中操纵木偶头部和右手动作的为主演，穿礼服盛装出场，不遮脸。其他木偶师则身穿黑袍，头戴黑头套出场。

[2]《忠臣藏》第三段中，判官的正妻颜世修书一封，通过古时短歌拒绝师直的求爱，师直愤怒之下大肆辱骂判官。判官忍无可忍拔刀砍伤师直，但被正在隔壁房间等候的本藏拦下，师直慌忙逃脱。这一场面被称为"喧哗场"，意为争斗场，十分有名。

"说得也是，毕竟你身后还有根岸[1]的姑母帮衬着。"阿滨似有些不满，挖苦般说道。

纹作不时会去探访根岸的姑母，要些零钱花，这阿滨是知道的。但他的那位姑母有些古怪。不管阿滨怎么追问，纹作都不肯老实透露这位姑母的住址和身份，以致阿滨早就怀疑这"姑母"有蹊跷，方才也是脱口而出讥讽了一句，但纹作对此充耳不闻，惹得阿滨心里不由得掀起了嫉妒的旋涡。

"纹作师傅，你说是吧？你有根岸的那位好姑母给你撑腰吧？就算不去上戏，就算不在这里住，对你来说也不会有什么麻烦吧？"

"你看我像那么清闲的人吗？不过，你要那么想也行。"纹作依旧不打算理会她。

阿滨觉得对方不把自己当回事，越发不甘心。她正了正坐姿，正想再说些什么，此时楼下传来

---

[1] 根岸：江户地域名，位于上野山丘以北，今为东京都台东区根岸一丁目至五丁目。

母亲阿直的呼唤声。

"阿滨呀，有客人找纹作师傅。"

听闻有客人，阿滨只好起身，迎接上楼的三十四五岁艺人。他是纹作的师兄，名唤纹七。

"阿滨姑娘，看你一直上着妆，想必首场开幕前很忙吧？"

纹七笑着打招呼，坐在了长火盆前。待阿滨回避后，纹七笑着开口："身子如何？还是不舒服？"

他是来探病的。他知晓纹作与冠藏不合，怀疑他昨天是故意称病不参加排练，便不动声色地过来探探虚实。过来一瞧，发现纹作果然无甚病容，便劝他说，就算与冠藏不和，为此怠慢演出恐怕对不起团长，对纹作自己也不是好事。又说，信州那场巡演自己没有参加，辨不清孰是孰非，但同僚反目对谁都不好。纹七说，自己会设法让纹作与冠藏重归于好，让纹作今日忍耐一下，先去排练。久经世故的纹七苦口婆心地规劝纹作，让他什么也不要说，立刻跟自己走。

平素对自己多有照顾的师兄如此特意跑来，还好心好意劝告自己，面对如此盛情厚意，纹作也不好拒绝。加之自己得的本就不是大病，纹作最终还是听了纹七的话，立刻做好准备打算去排练。两人在阿滨母女的目送下走出小梳妆铺。

进入后台，纹作与众人一起排练。由于师兄偷眼注意着这边，纹作只好忍着不快规规矩矩与冠藏操纵的师直对练。第六段排练结束，直至义士们发动复仇前都没纹作的事，他便退到后面吸烟，谁知背后有人经过时狠狠踢了他的后腰一脚。后台拥挤，经过大伙身后时肯定不容易走，但那人踢得太狠，惹得纹作勃然大怒。

"谁啊！"

纹作回头一看，原来是负责戏服的定吉，年纪已有四十五六，脸上长了浅浅的麻子，是个兔唇。他是阿滨所在的那家戏服铺的手艺人，今天是来后台帮着弄戏服的。

"对不住，你也看到了，这儿人多地方挤嘛。"定吉哼笑道。

因不满对方的语气，加之认为对方是故意用力踢自己，一直强压着对冠藏的不快的纹作直接迁怒了定吉，不肯善罢甘休了。

"挤你就小心点走，有你这样直接踹飞别人的吗？后台可没养马！"

"马？你什么意思？不知道马和鹿是连着的吗！"[1]

对方也气势汹汹，惹得纹作越发压不住火，争执了几句便抓着烟管打算起身，但被旁边的人按了回去。

"这简直就是第三段呀。"

有人说了一句，引得哄堂大笑。定吉紧紧咬着兔唇，狠狠瞪了纹作一眼，出去了。

排练结束时，冬天的日头已快要下山。也不知纹七是怎么劝服冠藏的，排练结束后，他邀上纹作，带着两人一同去了池之端的小饭馆。纹七打算在这里劝两人和解。酒席上，纹七圆滑老到

---

[1] "马鹿"在日语中是骂人的话，意为笨蛋、蠢货。

地哄两人开心，最终冠藏好心情地笑了，纹作也不再绷着脸。赤堀水右卫门和石井兵助成功和解，纹七刚松了口气，谁知话题不知怎的就说到之前那桩木偶交锋的事情上去了。

"喂，纹作，那木偶真的互相砍杀了？"冠藏笑着问道。

"真没骗你，我真的看见了。"

"那就当是真的吧。"冠藏又笑了。

这话又惹得纹作心里不快。听冠藏方才那口气，他分明半点也不信，依旧认为纹作是故意弄坏他的木偶。于是，纹作也嘲笑般说道："不管你信不信，反正我确实看见了。"

"看见了。哦，用你那双睡糊涂了的眼？"

"睡糊涂的眼也好猴子的眼也罢，我说看见了就是真的看见了。木偶里怎么就不能有灵魂了？！"纹作怒气冲冲地说。

"人操纵的好，木偶才能有灵魂。一个木头人难道还能自己动起来？"

"说这话的人才是木头人！"

两人越说越来气，纹七也不知该如何是好了。

"又要演第三段？算了吧，算了吧，这时候说这些也没用啊。木偶有没有灵魂都无所谓。'若得借，招魂引魄返魂香，与那名画之神力[1]'……"

纹七高声唱曲，同时哈哈大笑。两人才刚开吵就被打断，只好闭上嘴苦笑。如此，虽然不再追究木偶之事，席间气氛也自然而然地冷了下来，谈话也不如之前起劲。纹七好心却办了坏事，三人有些尴尬地准备散场。

临近四刻（晚上十时），纹作和冠藏出了饭馆，两人都醉醺醺的。纹七落在后头结账，接着绕去账房，出于艺人习性讲了三两趣谈，逗笑了老板娘和女侍们。此时，一个裹着双颊的男人踏进了店门。

"纹作来过这儿吗？"

"方才回去了。"一名女侍回答。

话音未落，男人已飞速转身走了。纹七又在

---

[1]《本朝廿四孝》里"十种香"一幕中的净琉璃唱词。

店里聊了会儿，随后婉拒了店家出借的提灯，带着几分醉意离开时，悬在上野山顶的阴暗天空中，一颗星子也不见。不忍池辽阔的水面泛着些微水光，辩天堂朦胧的灯光黄澄澄地浮在无边无际的黑暗中。不知何处传来大雁的叫声，似有些凄凉。

"天也太冷了……"

醉意被冻得一下子散了，纹七缩着脑袋沿着黑黢黢的池边前行，谁知对面忽然有人飞奔撞了上来。纹七差点被撞到，好不容易稳住身形，往前走了两三间距离，结果又踢到什么东西被绊倒了。对方好像是人，纹七觉得奇怪，便像《忠臣藏》第五段里的勘平那样伸手在黑暗中摸索，触感的确是人。不仅如此，他还抓到了什么东西，上头温暖滑溜，好像是血，吓得他"啊"地失声大叫起来。

三

纹七发现的是两个男人的尸体。其中一人是纹作，左侧腹被人捅了一刀。另一人是冠藏，左耳下方被砍，左胸口被刺，此外还有数处伤口。

按例验完尸后，两具尸体便被分别交还给各自亲属。至于凶手是谁，办案差役当中出现了两种意见。根据纹七和剧团中人所述，眼下最合理的判断应该是，和解酒宴反而惹得争端再起，醉酒的二人在归途中打了起来，结果两败俱伤。然而，两名死者手中均没有刀具，现场也未掉落疑似凶器之物。这一点引发了疑问，有人开始主张二人是被他人所杀。若真是争执中两败俱伤，那便没什么好查的；可若凶手另有其人，那人便是杀害两人的重犯，必须严厉追查。半七也立即参与查案。

当晚出现在饭馆门口询问纹作在不在的那个男人便是首要嫌犯。可惜他裹着头巾，看不清长相和年岁。加之他很快就离开了，此人的底细便不得而知。如此，案件几乎毫无线索，饶是半七也不知该从何处着手。不过，冠藏已年近三十，家中有妻子也有孩子。纹作则是年轻单身汉，过得逍遥自在。两名艺人被杀，原因大抵会与情色纠纷有关。不管怎样，先从年轻单身汉纹作查起应该会快一些，于是第二日午后，半七先去了纹作家。

小梳妆铺的二楼坐着以纹七为首的五六个剧团成员。由于纹作和冠藏的葬仪凑到了一起，故而众人决定，明早先办纹作的，明天傍晚再办冠藏的。

此外还来了四五个邻居。梳妆铺女儿阿滨哭肿了眼睛，正给众人添茶端糕点。

半七将阿滨唤至楼下，小声问道："喂，二楼角落里坐着的那个兔唇麻子脸是戏服铺的手艺人吧？他叫什么？"

"阿定师傅，定吉。"阿滨回答。

半七知晓纹作和定吉在后台吵过架，于是又问："那个叫阿定的，一把年纪了，有没有调戏过你？"

阿滨苍白的脸颊微微涨红，不吭声。

"嗯？有吧？还给过你些零花钱吧？"

"是。他说给我买化妆的白粉，曾有两次给了我一朱银子。"

"可曾有女人来找过纹作？"

阿滨回答，来找纹作的男子有很多，无法一一道尽，但女子从未有过。

在半七的诱导下，她还是说出了根岸姑母的事。虽然纹作称对方是自己的姑母，但事实如何很难说。阿滨还饱含妒意地说，那姑母不时会遣男仆过来。

"好。你帮我把阿定那厮喊过来。"

被阿滨唤过来的兔唇定吉当即被带去了警备所。半七劈头盖脸骂道："混账东西！一把年纪了做出这等好事，你想干什么？色眯眯地瞧着年纪能当你孙女的小姑娘，最后还动起了刀子……你这无药可救的色老头！你拿菜刀捅了人家的肚子，那就不是料理一条鲔鱼那么简单了。来，老实交代吧！"

"头儿，冤枉，冤枉啊！"定吉慌忙喊道，"恕我直言，您弄错了！说我杀了纹作，那可真是天大的冤枉啊！"

"胡扯！去池之端饭馆门口问纹作在不在的就是你吧？"

"不是，不是！"他又喊道，"不是我！是个头上蒙着算珠纹头巾的年轻人啊！"

"你怎么知道？"

定吉有些窘迫。他为了喊冤，不慎说漏了不该说的话，如今后悔也没用了。他被半七抓住了狐狸尾巴，只好坦白了一切。

正如半七所料，他垂涎在自家铺子上帮工的阿滨，时不时给些小钱讨好她，谁知阿滨跟了那个叫阿作的，对兔唇定吉不屑一顾。定吉本就怀恨在心，那日又在后台与纹作起了冲突，素日积怨一气儿爆发。定吉虽没想除掉纹作，但企图划伤他的脸，便躲在饭馆门口等他回家。结果有个蒙着算珠纹头巾的青年男子也在店门口徘徊。两人大眼瞪小眼看了一会儿。定吉觉得不妙，姑且离去，跑到山下路边摊喝温酒，见时辰差不多了又折返饭馆，结果就听见有人议论方才那边有人被杀。心里有鬼的定吉忽然害怕起来，唯恐受到牵连，匆匆逃回了家。

"头儿，事情就是这样，我绝对没撒谎！请您明察啊！"

他的供词不像假的。

"蒙着算珠纹头巾的是个年轻人，对吧？他什么打扮？"

"穿着平纹棉短褂。"

光凭这点很难查出可疑男子的身份。身穿平纹棉短褂、头裹算珠纹头巾的男子在当时的江户满大街都是。半七继续审问定吉，但再也问不出男子的其他特征了。

半七无计可施，只好又叫来纹七问话。半七

问他，纹作是否有姑母。纹七回答说有，还说纹作虽瞒着其他人，但曾对作为师兄的自己透露过。那是纹作的小姑，十六岁那年嫁给某旗本高门做妾，大约七年前丈夫去世，如今闲居在根岸的别庄。原本主人去世的同时，妾室就该永久遣散，但因她生下了继承家业的小主子，故而她虽身为妾室，毕竟是当今家主的生母，宅邸方面也不敢怠慢，于是将她迁居别庄，让她过着富贵闲人的生活。

姑母长年在规矩板正的武家侍奉，故而一直隐藏自己的侄子是艺人之事。尤其自己的亲生儿子还当了家，越发忌惮让外界知晓自己有艺人亲戚，因此明面上已不再与纹作往来。但纹作到底是自己的侄儿，血脉亲情所牵，她便不时悄悄唤来纹作，给他些零花钱。纹作也高兴自己有个好姑母，有时也会自己过去要钱。但他被姑母严厉地封了口，不能泄露姑母的身份和居所。

如此一来，纹作和姑母的关系就明晰了。纹七说，自己只知道那位姑母居住的别庄在根岸方向，不知宅邸姓氏。半七觉得已再问不出什么，就先打发纹七回去。定吉也只挨了训斥就被放回了主家。

翌日早晨五刻半（上午九时），纹作出殡，棺木离开小梳妆铺。到底是艺人，出殡前已有大量送葬者聚集在了店铺前。此时，众人头上哗啦啦落下大粒冰雹。半七也带着小卒庄太混在送葬人群中。

"打扰了。"

一名年轻男子冒着冰雹匆匆而来，唤出阿滨的母亲阿直悄声说了些什么，阿直又唤来了纹七。男子又与纹七低声交谈几句，然后递过一个用方绸巾包裹的奠仪。纹七一再行礼致谢，将他带入屋内。

"头儿。"

有人扯了扯半七的衣袖，半七回头一看，发现背后站着兔唇定吉。

"刚才那个男人好像就是那晚裹了算珠纹头巾的人。我觉得面熟。"

"是吗？"

半七立刻叫出纹七询问，后者说，刚刚来的男人是根岸姑母派来的，送来了五两奠仪。虽然纹七今日是头一次见他，但据说他曾为姑母传过几次话。

"他要跟着送葬吗？"

"不，他说上个香就走。"

正说着，那名男子就走了出来。他似乎很在意四周，边东张西望边与纹七和阿直、阿滨母女道别后便匆匆离去了。

半七立刻叫来小卒："喂，庄太，你跟着那男人。"

出殡时，冰雹停了。纹作下葬的菩提寺在小梅深处，半七与其他送葬人一路送死者入寺，无意中瞥见寺门内悄悄伫立着一名年轻武士，武士将斗笠压得极低，似在等待纹作送葬队伍的到来。

四

纹作头七的前夜到来。今晚在小梳妆铺二楼举行简略法事，师兄纹七白天就来帮忙。正当依旧沉浸在泪水中的阿滨与母亲一起束着衣袖忙碌时，半七忽然来了。

"虽不曾受邀参加法事，但这是我的一点心意，还请供奉在灵前吧。"说着，半七递出糕点盒，"今晚纹七来了吗？"

"是，刚刚已经来了。"阿滨回答。

"那正好。"

半七随阿滨上到二楼，只见小桌案上供着灵牌，在线香升腾起的薄烟中，长明灯亮着小小的火光，火焰一动不动。纹七正手持念珠坐在灯前，见半七来了，当即起身过来。

"头儿，前阵子劳您费心了。今夜是师弟头

七前夜，就想着简单做个法事。"

"你连这些身后事都帮他照应着，实在是有心，纹作一定也很高兴。如今在他的灵位面前，我也有话和你说。此事与这家女儿也有关，可否让我将她们母女也叫上来？"

"是，请便。"

阿直与阿滨解下束袖带，上了二楼。半七让三人并排坐在自己对面，徐徐说道："虽然人死不能复生，如今也不能改变什么，但纹作究竟是怎么死的，杀害冠藏的凶手又是谁……若不知个中缘由，想必你们心里也不会踏实。我今天就是为了此事来的，还请各位心里有个底，听我说道说道。纹七师傅，你觉得是谁杀了纹作？"

"这我不知，完全不知。"

"我最初也毫无头绪，最近才总算明白了。没有人杀纹作，他是自己死的。"

"什么？"阿滨和阿直面面相觑。纹七也目瞪口呆。

"但他是在杀了冠藏后才寻死的。"半七解释道，"众人都推测，死对头纹作和冠藏应该是争斗中两败俱伤，可两人都没拿刀具，现场也未掉落凶器，这才怀疑凶手另有其人。起初我怀疑戏服铺的定吉，结果不是。接着，我觉得当晚在饭馆门口打听纹作的那名男子很可疑，结果又猜错了。不过，之后我找到了线索。那男子是造园师，自他父母那代便出入纹作姑母所在的别庄。因着这层关系，纹作姑母时常托他代为传话递物。那天晚上，他也是受纹作姑母所托，送来一些岁末嚼用，却得知纹作出门排练去了。于是他就去后台找人，谁知纹作又不在，说是与另两人结伴去了池之端的饭馆。他又跑去池之端，由于是帮宅邸跑秘密差遣，他便想等纹作本人出来后悄悄塞给他。结果对方迟迟不出来，他等累了，就去附近的荞麦面馆吃了碗热荞麦面驱寒。等他再度返回时，夜已经很深了。为防万一，他下决心到店里问了一声，得知纹作已经回家。他便又来了这里一趟，却又得知对方还没回来。事情到此，那男子也是精疲力竭，直接回家了。"

"对，对。那晚找纹作师傅的人确实来了两次。"阿直也点头道。

"这头暂且如此，而那头当事人纹作与冠藏一同出了饭馆后，两人在半路上借着酒劲又吵了起来。这次没人劝架，两人便越吵越凶，正要动粗时，恰逢一名武士提着灯笼经过。武士听见黑暗中有人高声争执，便拿提灯照过去一看，发现其中一人是纹作。那名武士叫黑崎半次郎，在纹作姑母家宅邸当差，也经常去别庄办事，故而认得纹作。正是这次偶遇最终酿成了大祸。当时纹作已气得上了头，一见武士便上去说'黑崎大哥，暂借一下'，接着突然拔出武士腰上佩带的短刀，砍向对手冠藏。那名叫黑崎的武士刚从吉原回来，也喝醉了，加上事发突然，他便愣怔在了原地。此时，纹作挥刀乱砍乱刺，杀死了冠藏。黑崎大惊，想上前阻止，但纹作心中恐怕已有决意。他跟跟跄跄地推开黑崎的手，一下将短刀刺进了自己侧腹，这下换黑崎不知该如何是好了。若他年纪大些或许尚能处理，可他年轻，又是刚从吉原玩乐回来，加之武士佩刀被他人夺走更是无从辩解，于是慌忙夺回短刀，吹灭提灯，飞速逃走。但此事不能置之不理，于是第二天，他立即前往别庄，偷偷将此事告知纹作的姑母，后者亦震惊不已。她让黑崎继续打听，得知冠冢已死，纹作也死了。既然争斗双方都已丧命，此事更是无法继续追究。她只得作罢，又遣平时负责传话的造园师悄悄送去了奠仪。黑崎也因自身有过，暗中前去为纹作送葬。事情到此，算是水落石出了。我之所以能知道这么多，是因为送葬那日，我手下的小卒庄太尾随造园师而去，寻到了他家住处。之后，我又闯进他家恫吓一番，让他招供一切后，又去找了那名叫黑崎的武士。武士毫无隐瞒地坦陈了一切，并说这是家门之耻、自身之耻，打躬作揖请求我千万不要声张，我也答应了。好了，如此看来，此事也怨不得别人。我既然在纹作牌位面前说这些，自然也不会撒谎。"

长话结束，半七在新立的牌位前上了香。

"故事就是这样。"半七老人歇了口气道，"还有一件不可思议的事。由于一下子死了纹作和冠藏两人，剧团不得不临时找人替代，好不容易在十二月初上了第一场戏。听说正要开演第三段时，师直和判官的脑袋突然一起掉了下来，不知是冠藏和纹作的怨念作祟，还是木偶本身有灵，听说众人都吓了一跳。好在演出时没出什么事，座无虚席地迎来了最后一天，真是可喜可贺。再说那个兔唇定吉，他在次年正月与人醉酒争斗，伤了对方，审讯期间死在了牢中，这或许也是冥冥之中因缘巧合吧。"